Jean VAUDON
Lauréat de l'Académie Française

Une Ame de Jeune Fille

BOURGES
Au Bureau des « ANNALES DE SAINTE-SOLANGE »
68, rue de Dun

PARIS
Paul LETHIELLEUX, Libraire-Éditeur
10, rue Cassette

1904

UNE AME DE JEUNE FILLE

OUVRAGES DU MÊME AUTEUR

I

Avant Malherbe. Études littéraires sur les poètes du quinzième et du seizième siècle. In-18 . . . . . 2 »

Études littéraires sur le XIXe siècle, avec une introduction par Léon Gautier, membre de l'Institut. Nouvelle édition. In-8°. . . . . 4 »

Nouvelles Études et Notes littéraires sur quelques écrivains du dix-neuvième siècle. In-18. . . . . . 3 50

Par Monts et par Vaux. In-18, 3e édition . . . . 3 »

Pluie et Soleil. Poésies couronnées par l'Académie française. In-18. . . . . 3 50

POUR PARAITRE PROCHAINEMENT :

Promenades Pittoresques et Littéraires, 2e série.

Par Monts et par Vaux.

II

L'Évangile du Sacré-Cœur. Les Mystères d'amour du Cœur de Jésus. In-18, nouvelle édition. . . . 3 50

Pour les Jeunes Gens. Entretiens et Discours. (*Épuisé.*)

Pour les Jeunes Gens. Nouveaux Entretiens et Discours. In-18 . . . . 3 50

La Douleur et la Mort. Entretiens et Discours. In-18. 3 50

Entretiens Eucharistiques et Discours de premières Messes. In-18. . . . . 3 »

Église et Patrie. Entretiens et Discours. In-18. . . 3 50

Jésus-Christ et Satan. Entretiens et Discours. In-18. 3 50

La Crèche, la Croix, l'Autel. Entretiens et Discours. In-18 . . . . 3 50

Mgr Henri Verjus, premier apôtre de la Nouvelle-Guinée. In-8° . . . . 6 »

JEAN VAUDON
Lauréat de l'Académie Française

Une Ame de Jeune Fille

BOURGES
Au Bureau des « ANNALES DE SAINTE-SOLANGE »
68, rue de Dun

PARIS
Paul LETHIELLEUX, Libraire-Éditeur
10, rue Cassette

1904

PERMIS D'IMPRIMER

✠ Pierre,
Archevêque de Bourges.

Le 11 août 1901, dans l'église de B., assombrie de tentures funèbres, un prêtre était en face d'un cercueil qu'entouraient des enfants, des jeunes filles, des humbles, des pauvres, une foule d'amis, la famille. — Et le prêtre, d'une voix profondément émue, disait :

Nous n'avons point ici-bas de demeure permanente... Qui, plus que la jeune enfant, à jamais regrettée, eût dû rester longtemps sur la terre, dans cette ville dont elle était l'ornement, dans cette famille dont elle était la joie et la fierté, dans ce patronage qu'elle dirigeait et dont elle était la grande édification ? Tous les talents, toutes les vertus, et un cœur affamé de l'amour de Dieu, un cœur prêt à tous les dévouements, aspirant à tous les sacrifices !...

Dessin au crayon par Gabrielle.

Et maintenant elle est là, sous ce drap mortuaire... Ou plutôt elle est partie, arrachant à ceux qu'elle a le plus aimés ici-bas un lambeau de leur vie. Elle est partie...

J'ai été le témoin de votre douleur, ô père ! ô mère ! Je vous ai vus, au-dessus de la chère morte, enlacés dans un muet embrassement...

A ce spectacle, je me demandais, abîmé dans la stupeur, moi aussi : Pourquoi Dieu, pourtant si bon, sème-t-il de pareils deuils sur la terre ?... Et mes yeux se portèrent sur le crucifix suspendu au-dessus du chevet funèbre étendant ses bras sur cette scène poignante, et je me redis à moi-même : C'est par le chemin des larmes qu'à la suite du Christ on arrive à la gloire.

Dieu voulait cette âme... A l'heure même où le diagnostic des hommes de la science paraissait plus rassurant, j'avais le mien. Depuis quelque temps, — et je le savais mieux que personne, — Dieu travaillait cette âme, et je disais : Voilà le dernier effort de son amour. En quelques semaines, il l'a rendue trop parfaite : c'est qu'il la veut dans son paradis.

Il y a un mois, à ce confessionnal, elle me disait dans un élan que je comprends maintenant : Mon père, je veux être à Jésus-Christ, je veux être à Jésus-Christ !

Elle est à Jésus-Christ...

C'est de cette jeune fille que nous voulons écrire. A deux reprises déjà, dans nos *Annales* qu'elle eût aimées (1), comme les aiment ses sœurs survivantes et sa mère, nous avons parlé d'elle. On peut relire aux livraisons de janvier et de février 1903 quelques pages ardentes mais trop brèves qui lui furent consacrées par une amie de sa famille, par une âme digne de la sienne.

Il nous tardait d'en savoir davantage et d'entrer plus avant dans l'intimité de cette âme très blanche, éprise de beauté, de dévouement, de sacrifice, d'amour.

De chères confidences manuscrites sont entre nos mains. Nous y puiserons à pleines pages. Le plus souvent, presque toujours, c'est Gabrielle elle-même qui parlera. Nous entendrons sa voix d'enfant, — à sept ans et demi elle commençait son journal, — sa voix de jeune fille, sa voix d'aspirante à la vie d'abnégation pleine, de renoncement total, sa voix de mourante, sa voix d'outre-tombe. Nous ne ferons que souder çà et là quelques anneaux nécessaires pour qu'il n'y ait point de brisure dans la chaîne de diamant. Enfin, çà et là, des gravures paraîtront dans cette notice, originales et charmantes, toutes sorties de la riche imagination et des doigts habiles de la jeune artiste.

*
* *

Au moment de livrer à la publicité ces pages intimes, un doute a envahi l'âme de ceux qui en ont reçu le cher et sacré dépôt : Gabrielle approuverait-elle que ses plus secrètes pensées fussent ainsi connues de tous, elle, si humble, si modeste, si réservée, même avec ceux qu'elle aimait et à qui elle laissait entrevoir à peine les pures aspirations de son cœur ?

Il nous a semblé que Gabrielle elle-même avait répondu, quand le 23 mars 1901 — peu de temps avant de quitter les siens, déjà pour ainsi dire éclairée par la divine lumière, elle écrivait :

« Glorifier Jésus-Christ par ma vie, par ma conduite, et tâcher qu'il soit glorifié. Rayonner pour le communiquer ; ne pas mettre le chandelier sous le boisseau ; et pourtant, ne pas faire mes bonnes

(1) Les *Annales de Sainte-Solange*, revue religieuse et littéraire pour les jeunes filles. Bourges, 68, rue de Dun.

œuvres pour être vue des hommes, comme le pharisien, mais pour faire éclater la gloire du Christ en moi... »

Ce que Gabrielle voulait alors, ne le veut-elle pas plus ardemment encore, maintenant que nul obstacle terrestre ne peut entraver le vol de son âme ?

Peut-être ces lignes, écrites dans la candeur et l'ardeur des saints désirs, feront-elles du bien à quelques jeunes âmes, incertaines ou désorientées, ou en proie aux tristesses ingrates, desséchantes et stérilisantes, ou bien aux prises avec la souffrance. Elles leur aideront à regarder en face ce que Bossuet appelle « l'incompréhensible sérieux de la vie chrétienne », à gravir courageusement le chemin qui monte, le rude sentier du devoir où, suivant un autre mot du même grand évêque, « on grimpe plutôt que l'on ne marche », et à parvenir, comme Gabrielle, dès cette pauvre vie, à la possession de la vérité divine, à la jouissance de la beauté idéale.

Elle aura donc laissé après elle une trace lumineuse, la chère enfant dont l'existence, inconnue de la foule, fut au foyer de famille si simple et si droite, et, à son humble clarté, les tristes, les découragés, les aveuglés peut-être, ouvriront les yeux, se relèveront et reprendront, comme disait le P. Gratry, un des maîtres qu'elle aimait, « la marche sacrée », ou, comme il disait encore, « le travail saint de Dieu ».

Jean V.

Bourges, le 3 janvier 1904.

En l'octave de saint Jean l'Évangéliste.

1875-1890

« Gabrielle fit son apparition dans le monde le matin du 24 novembre 1875.

« Cette jeune personne avait fort bonne envie de vivre, était ornée d'un joli appétit, qui ne devait du reste guère se démentir par la suite, et répondait aux noms de Gabrielle-Marie-Thérèse.

« Cette jeune personne, c'était moi. »

Ainsi débute un petit recueil où, sous ce titre enfantin et charmant : *Fanfinets et Fanfinettes,* Gabrielle rassemble les souvenirs de ses premières années et les événements de sa chère famille.

Adi, Fanfinette ou *Gabrielle,* c'est tout un.

Gabrielle à cinq ans.
D'après une photographie.

« Adi montra, toute sa petite enfance, un caractère excellent, dormait bien et ne témoignait de vif déplaisir qu'au moment désastreux où son biberon était vide. Mais alors, par exemple, c'étaient des paroxysmes de fureur, hélas! inutiles.

« A mesure que Fanfinette grandissait, le monde lui apparaissait peu à peu et se dévoilait à ses yeux. D'abord les grosses menottes maladroites furent un objet de contemplations graves, puis bientôt les tableaux, la pendule, la lampe, autant de curiosités touchant la fibre admirative. »

Mais « pauvre Fanfinette » pouvait se hâter de jouir de ses premiers éblouissements et de savourer ses premières joies; car elle n'avait guère de temps à rester, comme elle dit, « le bébé ». Le 11 janvier 1877, *Adi* voit, en effet, sa place prise dans le berceau et sur les genoux maternels. Au surplus, elle fit bon accueil à « la nouvelle venue ». La petite sœur fut « l'objet d'un véritable culte » de la part de cette grande sœur de treize mois « qui ne savait même pas marcher toute seule ».

La suite de cette vie d'enfant, nous la trouverons dans le petit journal commencé par elle à l'âge de sept ans et demi.

Simplement et candidement, comme écrivait Gabrielle, nous allons faire quelques emprunts à ces pages naïves où déjà se révèle une âme.

Samedi, 23 juin 1883. — Maman nous a fait un beau cadeau, elle nous a donné un grand jardin, nous y avons déjà mis des reines-marguerites et semé du gazon de Mahon et des capucines. Nous avons dans notre jardin potager des radis, des carottes, des salades, des choux, des navets et des oignons.

Nous nous y amusons beaucoup. Le soir, nous arrosons nos légumes et nos fleurs. Notre petite amie, Germaine, qui vient tous les jeudis, a décidé avec nous que, quand nous serons grandes, nous donnerons notre petit jardin à nos enfants.

Samedi, 24 novembre 1883. — C'est aujourd'hui que j'ai huit ans, et c'est aussi mon jour de naissance (1). Tante D. nous a fait une grande surprise : elle nous a donné de jolies fleurs pour notre jardin, et maman nous a acheté des petits instruments pour bien le soigner.

Voilà ce que nous faisons tous les jours : A 7 heures je me lève. Je joue de 8 à 9. De 9 heures à 10, nous écrivons, et de 10 à 11 nous apprenons nos leçons. Nous déjeunons et jouons jusqu'à 3 heures. De 3 heures à 4, nous dessinons et peignons, de 4 à 5 la leçon d'anglais. De 5 à 6, le piano et le solfège. De 6 à 7, nous dînons. De 7 à 8, nous dessinons ou nous jouons dans le vestibule, nous sautons à la corde, nous chantons *Frère Jacques* et d'autres chants.

14 novembre 1885. — J'ai presque dix ans ! Comme les années passent vite ! Je suis la sœur aînée. Aussi je vais essayer et faire mon possible pour devenir bien sage, ne pas taquiner ma sœur ni mon petit frère, pour faire plaisir à maman. Elle est si bonne, maman !

Le 24 novembre, elle a dix ans. Elle renouvelle ses résolutions de sagesse fraternelle et de tendresse filiale. Elle a reçu en cadeau des

(1) On voit que nous ne changeons rien à ce journal de « Fanfinette ». Il paraît que cette phrase naïve avait fait la joie des parents, les soirs, au foyer.

livres : la *Jeunesse des Hommes célèbres* et le *Journal de Marguerite*. Elle en est heureuse. C'est la mère qui fait la lecture et Gabrielle note ses propres impressions.

« Maman nous a lu le commencement du *Journal de Marguerite*. Comme elle dit bien tout ce qu'elle fait de bien et de mal, tout ce qu'elle pense ! C'est une petite fille modèle, quoiqu'elle soit un peu colère... Aujourd'hui je savais à peu près mes leçons : j'ai assez bien fait mes devoirs. Je ne suis pas mécontente de ma journée. »

C'est une sorte d'examen de conscience que ce journal d'enfant, et il ne nous en coûte pas d'avouer que ces premières analyses d'âme nous intéressent vivement.

Mardi, 2 décembre 1885. — Malheureusement je n'ai pas tenu mes promesses ! Aujourd'hui j'ai pleuré à ma leçon de piano parce que je ne pouvais pas faire les accords. Je ne savais pas mes leçons, quoique j'aie eu bien le temps de les apprendre, hier une demi-heure, ce matin une demi-heure et un quart d'heure après le déjeuner. Mais nous avons été punies, car Germaine est venue et maman nous a fait tout de même finir nos leçons. Ensuite nous sommes allées jouer dans le jardin avec Germaine.

Dimanche, 6 décembre, fête de saint Nicolas. — Hier nous ne savions pas nos leçons et nous avons été obligées de recopier trois fois notre Histoire de France. Henri voyant maman si triste s'est mis à pleurer : il est si bon, cet honnête Riquet !

Samedi, 30 janvier 1886 ; dix ans deux mois. — Quel bonheur ! quel bonheur ! nous avons une petite sœur ! elle est née hier à 11 heures et demie... Nous sommes tous montés, nous sommes entrés dans la chambre de maman et... qu'est-ce que nous avons vu ? un berceau et dedans un petit bébé ! On nous a dit que c'était une petite fille. Elle s'appelle Marie-Geneviève-Alice. On la baptisera probablement jeudi, si la capote et la pelisse sont arrivées. Maman m'a dit qu'elle me ressemble beaucoup, quand j'étais petite.

Mardi, 2 février 1886. — Quand je pense que j'ai dix ans et que Geneviève est si petite ! Et encore je suis toujours si méchante ! Maman me dit souvent qu'il faut donner le bon exemple à ma petite sœur, sans cela elle grandirait méchante et gourmande (comme moi), car bonne maman dit qu'elle est déjà gourmande. Je vais donc essayer d'être bonne et ma petite sœur sera comme moi. Nous l'avons déjà tenue dans nos bras, cette mignonne petite Geneviève !

Dimanche, 27 juin 1886. — Comme j'ai promis de dire ce que je ferai de bien et de mal, je vais raconter une terrible scène qui est arrivée vendredi dernier. Je prenais ma leçon de piano avec bonne maman, tout à coup il m'a pris la fantaisie de ne pas vouloir que bonne maman me touche et j'ai été très mauvaise tout le temps de ma leçon ; maman m'a prise et m'a mise dans le petit salon.

On a été triste toute la soirée ; enfin, avant de me coucher, bonne maman m'a pardonné. Une autre fois je tâcherai d'être meilleure...

Comme tout cela est clairement conté et vivant et sincère !

Au matin du 7 septembre de cette même année, Gabrielle est sérieuse, plus sérieuse qu'à l'ordinaire. Elle prépare sa confession, scrute son âme et la discute.

« Mon défaut principal, c'est la paresse, et c'est de là que viennent le plus souvent mes méchancetés. Quel étonnement si on me voyait un jour Sœur de Charité ou Carmélite ! Car je suis assez gourmande et j'aime la bonne chère. Je ne trouve pas juste qu'on donne aux autres les meilleures choses, et, quand je peux les avoir, je les prends bien vite. Pourtant, pourquoi est-ce à moi à tout avoir, au lieu des autres ? Je n'en ai pas plus le droit... Maman trouve aussi que je suis un peu boudeuse et que j'ai mauvais caractère. Moi-même j'en conviens. »

De l'année 1887, nous n'avons rien trouvé ou presque rien dans les feuilles qui nous ont été remises ; mais voici qui nous dédommagera amplement de cette lacune.

« 31 MAI 1888, JOUR DE NOTRE PREMIÈRE COMMUNION.

« Le plus beau jour de la vie ! »

Lundi, 4 juin. — Avant de raconter notre première communion, je vais revenir un peu en arrière. Peu de jours avant la retraite, nous avons eu la rougeole et nous avons eu bien peur de ne pas pouvoir faire notre première communion. Cette rougeole a été pour nous un temps de retraite, et je crois qu'elle a été favorable à notre préparation ; car maman nous a fait beaucoup de lectures pieuses et d'autres. Les livres que maman nous lisait étaient : *Le Livre de piété de la jeune fille ; Jésus vient, préparons sa demeure* et *Le grand jour approche*. Les autres livres étaient deux volumes appelés *Mme Rosély* ; c'est très intéressant ; nous n'avons pas encore fini de lire le deuxième volume.

Nous avons suivi la retraite et nous avons fait notre confession générale mardi dans la journée. C'est à partir de ce moment que je me suis sentie si heureuse ! On ne peut pas décrire cette joie.

C'est une joie calme, comme sont toutes celles que donne la religion. Je me sentais légère; il me semblait que l'on m'avait enlevé un poids énorme. Le mercredi soir, nous étions bien émues, nous pleurions en demandant pardon à bonne maman, à maman et à papa ; mais nous étions heureuses tout de même.

Ensuite maman et papa sont montés; nous avons fait ensemble une petite prière; puis nous les avons embrassés et ils nous ont bénies.

J'ai serré papa en l'entourant de mes bras. Oh! j'aurais voulu qu'il comprenne ce que j'aurais tant désiré qu'il fasse! Mais j'ai tant prié pour lui jeudi que j'espère bien qu'il s'y décidera bientôt.

Le lendemain matin, je me suis réveillée de très bonne heure, avant cinq heures. Aussitôt j'ai pensé : Le voilà le Grand Jour!

Maman nous a habillées et nous sommes parties. Au moment de la communion, le premier rang s'avance, puis bientôt nous voyons notre tour arriver. Oh ! nous étions bien heureuses !

Revenues à nos places, nous nous sommes recueillies et nous avons prié pour tout le monde, nous avons nommé toutes les personnes de la famille, et j'espère bien que plus tard, en relisant ce journal, j'aurai obtenu les grandes grâces que j'ai demandées.

Dans la journée, nous avons été aux vêpres et ensuite prier sur les tombes de nos deux bons-papas et de notre cher petit frère Edmond (1). Quel malheur qu'ils n'aient pas été là tous les trois ! Mais ils sont dans le ciel et ils prient pour nous.

Belle fête aussi, le lundi 9 juillet, la confirmation. Il y eut une ombre pourtant et sensible au cœur de Gabrielle : « La pauvre bonne maman n'a pas pu y assister ; elle était au lit avec un mal de gorge et de la fièvre. » Elle devait être la marraine de sa chère petite-fille. Gabrielle a pris le nom de Geneviève...

Après le déjeuner, Mgr l'Évêque a fait visite à la famille. Gabrielle-Geneviève a noté la sagesse de tous. « Il n'y a que bébé qui a fait la sauvageonne. »

Dimanche, 23 décembre 1888. — Depuis que je n'ai écrit, le bon Dieu nous a envoyé une autre petite sœur. Nous sommes bien, bien contentes, quoique cela eût été mieux si c'était un petit garçon. Il

(1) Mort le 12 septembre 1882, à l'âge de quinze mois.

faut que je dise comment elle s'appelle : c'est Marie, et l'on a bien fait de l'appeler comme ça, car elle est née le jour de l'octave de l'Immaculée-Conception et aussi un samedi.

Nous étions depuis la veille chez tante M., lorsque tante L. est arrivée, et elle nous a dit : « Qu'est-ce que vous aimeriez mieux, une petite sœur ou un petit frère ? — Un petit frère ! — Bon ! C'est une petite sœur, dit tante L. — Tant pis !... Quel bonheur ! » Et Hélène a commencé, à danser et à sauter autour de la chambre, tandis que j'entrais comme un ouragan dans celle de tante M., en criant : « Nous avons une petite sœur ! Elle s'appelle Marie. »

Dessin à la plume par Gabrielle.

Malgré cette impatience de voir ce petit bébé neuf, nous avons fini notre toilette et, après avoir été à la messe, nous sommes revenus à la villa. Geneviève était enchantée. Elle nous dit en nous voyant : « Regardez cette petite sœur qui s'appelle Marie ! » Je suis sûre qu'elle sera très mignonne. Elle l'est déjà, surtout quand elle dort, car lorsqu'elle est réveillée, elle fait beaucoup de drôles de grimaces.

Elle a été baptisée le jeudi 20 décembre. C'était une jolie fête de famille, une réunion comme je les aime. Toute la famille s'est réunie à l'église ; tous les petits enfants, cousins et cousines, étaient là, sages comme des images, regardant de tous leurs yeux.

Henri et moi avons remplacé le parrain et la marraine ; après la cérémonie, tout le monde est allé à la sacristie pour signer, et ensuite tous les enfants, accrochés après la corde de la cloche, se sont mis à sonner à tire-larigot.

Ensuite on s'est retrouvé à la maison, où un goûter était préparé. Tout le monde y a fait grand honneur, depuis le plus petit jusqu'au plus grand.

Mercredi, 27 février 1889. — Notre chère petite Marie est trop mignonne, mignonne à croquer ! Elle est blanche et rose, avec des yeux bleu clair. Elle rit très bien aux éclats et, quand on lui parle, elle gazouille si gentiment !

Paris, le 25 mai 1889. — Nous sommes à Paris, bonne maman, Hélène et moi, depuis deux jours. Geneviève aurait bien voulu y aller aussi. Elle me disait la veille : « Pourquoi on veut pas qu'ze vas à Paris? » Et elle m'a dit de lui rapporter la Tour Eiffel. Rien que ça !

Le 25 septembre, Gabrielle, de retour à la maison, reprend la plume :

Nous n'avons jamais eu d'aussi agréables et longues vacances que cette année-ci.

Le début a été un charmant voyage à Paris, notre premier grand voyage, et nous en avons d'autant plus joui que c'était l'Exposition universelle.

C'est bien beau Paris, mais en arrivant on est ébloui, étourdi par le tapage de cette grande ville, et étonné de voir les grands boulevards animés et bruyants, les quais de la Seine, les Champs-Élysées, la belle place de la Concorde et tant d'autres choses admirables ; il vous semble être emporté par un tourbillon ; on croit rêver, tout en étant bel et bien réveillé.

Gabrielle note quelques visites à l'Exposition. Il paraît que les tableaux surtout l'ont intéressée et aussi les fontaines lumineuses. Bien entendu, elle est montée à la première plate-forme de la Tour Eiffel et elle a joui du vaste horizon et de la foule des passants qui, de là-haut, dit-elle, ont « l'air de fourmis ». Au Bois de Boulogne, elle a assisté à la Fête des Fleurs. Elle a pris plaisir au palais du Louvre, principalement au musée de peinture. Mais rien ne l'a charmée comme l'abbaye de Saint-Denis. « C'est splendide, écrit-elle ; les vitraux sont superbes ainsi que les statues et le chœur. Nous avons vu tous les caveaux des rois; il y en a plusieurs très remarquables, ceux de Dagobert, de Louis XII, de François Ier.

« Dans une chapelle sont deux admirables statues de Louis XVI et de Marie-Antoinette ; en bas, dans la crypte, sont les tombeaux des Bourbons, malheureusement leurs cendres sont mélangées. Nous avons admiré aussi quatre statues gigantesques : l'une : *la France*, appuyée sur la seconde, *Paris ;* les deux autres sont *la Force* et *la Charité*. Elles devaient être mises à l'endroit où le duc de Berry a été assassiné. J'ai gardé de cette visite à Saint-Denis une très grande impression. J'ai vu l'endroit où est le corps du vaillant Duguesclin, ce brave capitaine. J'étais transportée, ravie. J'aime tant toutes les choses d'autrefois, du vieux temps, du temps de nos rois. »

Gabrielle n'est restée indifférente à rien, ni au *Transatlantique,* ni au *Siècle,* ni au *Tout-Paris.* A *Buffalo-Bill,* elle s'est amusée « énormément » de voir « ces deux cents Peaux-Rouges comme ils sont dans leur pays sauvage ». A l'*Opéra,* « une des plus belles choses qu'on puisse voir », on jouait l'*Africaine.* « J'aime beaucoup, dit-elle, le moment où Vasco de Gama est sur le navire et que l'orage éclate, les éclairs sillonnent le ciel devenu noir. On croirait que c'est vrai tellement c'est imité. Ce qui est beau surtout, c'est le morceau des violons à l'unisson. Enfin jamais je ne finirais si je voulais raconter tout ce que nous avons fait, vu et entendu ; c'est pourquoi je laisse Paris et toutes ses merveilles et je me reporte à la campagne où se sont terminées nos vacances.

« Quel changement ! Au lieu du bruit, du tapage, la tranquillité, le calme, la paix profonde. Le chant du coq et celui des oiseaux, le son des cloches de l'église interrompent seuls le silence.

« Le matin, nous nous levons de bonne heure pour aller à l'étable voir traire les vaches et boire le bon lait tout mousseux. Henri vient aussi quelquefois. Quant à Geneviève, je lui porte le sien dans son lit tous les matins, et elle s'en délecte surtout quand il y a beaucoup de mousse. Dans la journée, quand il fait chaud, on s'asseoit à l'ombre des chênes pour lire ou dessiner ; et, le soir, comme c'est agréable d'aller se promener au clair de la lune ! On a peine à se décider à rentrer. Notre habitation est sur un coteau, nous voyons la belle campagne du bon Dieu s'étendre à perte de vue, les collines couvertes de bois et de champs dorés par le soleil. »

N'est-ce pas délicieux ? Et Gabrielle n'a pas encore quatorze ans !...

« Dernièrement nous avons fait une promenade charmante en voiture. La route que nous suivions était entourée de beaux chênes et de sapins majestueux dont les cimes se détachaient, sombres, sur le ciel d'un bleu pur. Les petits oiseaux chantaient dans les arbres, et les papillons, volant de-ci, de-là, semblaient heureux de voir le beau soleil. Il n'y avait pas un nuage au ciel. Jamais promenade ne m'a paru si agréable. Nous étions gais et contents. Il faisait si beau, si radieux ! Nous nous sommes arrêtés pour goûter dans les bois du Maine Blanc. L'endroit où nous étions assis était charmant. De grands chênes nous ombrageaient. Le gazon était vert et fin ; c'était bien le meilleur des tapis. Et, à quelques pas de nous, coulait un petit ruisseau limpide dont nous buvions l'eau dans le creux de nos mains et sur lequel nous nous sommes amusés à bâtir un pont rustique pour que bonne maman, papa et maman pussent passer ; quant à nous, c'était bien plus amusant de sauter d'un bord à l'autre. »

Aquarelle par Gabrielle.

Des souvenirs rétrospectifs de Gabrielle : *Fanfinets et fanfinettes*, quelques pages heureusement retrouvées achèveront de nous conter ces années d'enfance :

« Tous les jours, ou à peu près, Germaine venait pour la récréation après le déjeuner. Les jeux favoris étaient les voyages de découvertes à travers les massifs ; on courait toutes sortes de dangers, animaux féroces, Peaux-Rouges en quantité ; — et aussi le jeu des petits bûcherons : nous allions affublés de vieux tabliers de cuisine (les plus troués étaient les plus considérés) ; on ramassait du bois mort, et maman payait les fagots. Quand nous avions une Anglaise, elle était une méchante vieille femme qui battait les pauvres petits bûcherons à leur retour. Puis, vers deux heures, Germaine devait s'en aller et nous devions travailler : on se faisait des adieux sans fin, comme pour longtemps.

« Ce qui était ennuyeux, par exemple, c'est que, lorsque nous n'avions pas bien su nos leçons avant le déjeuner, on ne pouvait pas se mettre à jouer avant de les avoir bien récitées, même quand Germaine était là ! Quelle cruauté inouïe !

« J'ai gardé le souvenir de certaines promenades que nous faisions tous les jours avant le déjeuner en récitant nos leçons. La promenade durait une heure. Maman, avec son manteau bordé de fourrure, pourvu à l'intérieur d'une grande poche pour mettre les leçons ; nous, avec nos bérets blancs et nos grands manteaux de laine blanche faits au crochet par bonne maman et qui ont duré des années ! — Nous avions beau grandir, ces étonnants manteaux à côtes grandissaient avec nous, allongeaient indéfiniment, et nous avions fini par les prendre en grippe ; ils nous donnaient l'air de bons gros moutons tout ronds. Savoir s'ils existent encore ? Je crois qu'ils ont fini leurs jours dans des familles de bohémiens. — Donc, nous trottinions à côté de maman qui marchait à grands pas ; ces promenades

Dessin au crayon par Gabrielle.

se faisaient surtout l'hiver. Nous avions nos pauvres bouts de nez et nos joues rouges et glacés.

« On avait déjà fait un petit bout de chemin en sautant les fossés et courant à droite et à gauche quand on commençait les leçons, et quand, par hasard, les livres avaient été oubliés, ah ! mes amis, quelle bonne aventure ! Car on ne retournait pas pour réparer un oubli si heureux !

« Nous aimions bien l'Histoire Sainte dont nous mettions parfois quelques scènes en action. Hélène faisait des yeux terribles pour figurer Caïn tuant son frère Abel et se précipitait sur moi avec une frénésie effrayante.

« L'hiver, après le dîner, nous jouions à des jeux guerriers. J'étais le seigneur Tancrède de Hauteville ; Geneviève, mon douzième fils, René de Hauteville ; Hélène, représentant Guillaume le Conquérant, marchait à grande vitesse du cheval mécanique à la conquête de l'Angleterre. Henri était un grand personnage quelconque dont je ne me rappelle plus le nom. Et avec nos chapeaux ornés de grandes plumes, nous prenions des airs guerriers et terribles. C'étaient des courses effrénées, accompagnées de cris non moins effrénés, ou des parties de *brant-ball* dans le vestibule avec Lizzie, notre Anglaise; c'était un de nos jeux favoris lorsqu'il pleuvait et qu'on ne pouvait sortir, et, naturellement, on criait aussi beaucoup à ce jeu-là.

« Je me souviens aussi avec plaisir d'un vieux château appartenant à un de mes oncles où nous allions passer une partie de nos vacances. Ce château nous intéressait par son ancienneté : une des tours datait de l'an 1000! J'aimais ces murs épais, ce vestibule carrelé, si frais, cet escalier de pierre très large avec une rampe en fer forgé, ce petit escalier du fond en bois glissant qu'on prenait pour monter dans nos chambres. Le soir, je ne passais qu'avec une certaine frayeur près de l'escalier tournant de la tour qui montait dans plusieurs chambres non habitées, dont l'une portait à sa clef la dénomination de « chambre du trésor ». Il y avait de quoi rêver! La nuit, on entendait des craquements dans les vieilles boiseries, dans les planches, et puis tout cela avait une certaine petite odeur de vétusté, de moisissure, qui me fait trouver agréable maintenant l'odeur du moisi, par souvenir.

Aquarelle par Gabrielle.

« Et les bonnes matinées sous les quinconces! Les belles soirées d'été qu'on passait sur la terrasse! On allait aussi se promener dans la charmille, qui nous paraissait si longue, avec le ciel qu'on voyait au bout et qu'on aurait pu prendre pour un petit coin de mer. Il y avait encore la métairie, qui avait bien son cachet d'ancienneté avec ses souterrains dont nous avons vu seulement l'entrée, mais où l'on ne pouvait malheureusement pas aller à cause des éboulements.

« Nous allions ensuite finir les vacances à notre cher C..., la propriété de famille que papa avait acquise en grande partie. L'autre part, toute voisine, était habitée par nos cousins P... Il y avait là neuf enfants de même âge que nous. On faisait des parties, pique-niques, comédies, jeux de toutes sortes !

« Que nous étions enfants et heureux, et fous un peu ! Nous aimions à aller dans les champs pour les *fauches*, la moisson ! Quel bonheur de monter dans les charrettes à bœufs, d'aller dans les mauvais chemins avec nos sabots, de gros sabots de bois ! Nous allions en expéditions avec la vieille Cadiche et la charrette primitive sans ressorts avec des planches pour banquettes. Depuis, ce véhicule a été remplacé par une charrette anglaise avec ressort et mécanique. Progrès ! — Reste à savoir quel degré de bonheur procure à l'humanité ce fameux progrès ! Je ne sais pas si nous n'étions pas tout aussi heureux avec notre équipage rustique. »

Nous fermons sur ce sourire le chapitre de l'enfance de Gabrielle.

Aquarelle par Gabrielle.

Le journal des années 1890 à 1898 manque. Gabrielle a brûlé tous ses cahiers. Quelques lettres, quelques brèves et fraîches compositions, quelques pensées n'ont pas péri. Nous les publions.

« En 1891, le 25 décembre, naissance du petit Charles, grande joie pour nous.

« Quel amour de bébé avec ses grands yeux bleus et ses longs cils bruns ! Aussi le petit fripon aimait assez à se voir dans la glace, et nous disions : « Oh ! le petit coquet ! » Lui, sans doute, avait pris cela pour un compliment, car, après, se regardant avec des petits airs souriants et toutes sortes de mines, il se disait à lui-même : « Oh ! le petit « coquet ! le petit coquet ! »

Dessin à la plume par Gabrielle.

1894

A UNE JEUNE INSTITUTRICE

Lundi, 6 août 1894.

Chère Mademoiselle,

Je suppose que vous devez être en Angleterre, et j'espère que vous avez fait bon voyage.

N'est-ce pas que la mer est belle et qu'on peut passer son temps à la regarder sans s'ennuyer ? Au bord de la mer il me semble que je vis dans un rêve.

Je vous écris de notre petite chambre très rustique, mais que je ne voudrais changer pour rien, parce que je l'ai toujours vue comme elle est. Sur les murs il y a partout des groupes d'enfants que j'ai dessinés il y a cinq ou six ans. Il y en a au moins une vingtaine, et quel-

Dessin à la plume par Gabrielle.

quefois il me semble que tous ces personnages me regardent, et ça m'intimide.

Ma chère Mademoiselle, vous savez, ce n'est pas une composition, c'est une lettre, et pour moi une lettre c'est une chose sans suite ni fin ; je passe brusquement d'une chose à une autre sans transition et je déteste les formules, tout ce qu'on est obligé de dire quelquefois, toutes les choses de convention.

Je n'ai encore rien appris ni rien écrit, mais je le ferai, puisque je vous l'ai promis.

C'est délicieux ici (1). Nous avons seize kilomètres de vue à la ronde, et les bois sentent si bon ! On respire à pleins poumons et on se promène, en croyant ne penser à rien.

Dimanche, nous avons passé la journée dans un petit bois où nous allons souvent, nous emportons nos albums, des livres, les journaux quand il y a quelque chose d'intéressant à y trouver. Dimanche, on a lu tout haut le procès de ce Caserio. Le monstre, il ne regrette rien, excepté d'avoir pleuré à l'audience quand on a parlé de sa mère, il a honte de ce seul bon mouvement. Les anarchistes sont abominables, mais (n'allez pas croire que je suis anarchiste) leurs crimes me paraissent moins odieux que d'autres, parce qu'ils agissent par principe et non pour des motifs bas et honteux, pour voler ou se venger d'un ennemi personnel.

Vous comprenez ce que je veux dire. Enfin j'espère qu'ici il n'y a pas d'anarchistes, s'il y en a partout ailleurs.

Aujourd'hui le beau soleil brille en France, je voudrais bien savoir s'il n'est pas moins beau en Angleterre. Vraiment miss C... est bien heureuse de vous avoir. Il me semble qu'il y a déjà longtemps que vous êtes partie. Vous savez, je vous aime beaucoup, et c'est bien vrai, parce que tout ce que je dis, je le pense très fort, et ce que j'écris, encore plus, si c'est possible.

Voici dans ma lettre une petite fleur de France qui vous dira bonjour de ma part, ma chère Mademoiselle.

Gabrielle.

A LA MÊME

Lundi, 10 septembre 1894.

Ma chère Mademoiselle,

Je suis bien contente de penser que vous avez d'agréables vacances ; le plaisir ne rend pas égoïste, on est heureux de le partager ou de savoir qu'on n'est pas seule à s'amuser.

Voici bientôt un mois que nous avons ici nos chers amis et nos cousins, et nous prenons du bon temps, je vous assure. Je ne parais pas seulement m'amuser, ce qui arrive si souvent ! Je m'amuse vraiment ; mais, hélas ! le temps passe trop vite et nos amis partent à la fin de la semaine. Enfin, il faut bien prendre son parti de ce que per-

(1) La campagne où l'on venait passer les vacances.

sonne ne peut empêcher et je crois bien que la vie se passe toute en revoirs et en séparations.

Nous dansons entre nous tous les dimanches soirs ; nous sommes assez nombreux pour cela, et pourtant les danseurs sont plus rares que les danseuses, mais cela ne nous embarrasse guère. Mardi dernier, nous avons fait un bal champêtre, on avait fait venir un vieux bonhomme pour jouer de la clarinette et nous avons tous dansé et sauté dans une prairie (les prairies ici servent de salons ou plutôt les remplacent). On était au moins une trentaine de personnes, car il y avait quelques invités en plus de la colonie habituelle et toute la ribambelle des petits.

En plus de tous ces plaisirs nous faisons beaucoup de musique, chant, piano, violon, musique profane et sacrée ; il y a chez nos cousins une petite violoniste qui joue délicieusement.

Adieu, ma chère Mademoiselle ! Je regrette les vacances ; pourtant je serai bien contente de vous revoir, et je vous embrasse de tout mon cœur.

GABRIELLE.

A LA MÊME

Mercredi, 31 octobre 1894.

My own chère Mademoiselle,

Oh ! vous ne savez pas combien vos lettres me font de plaisir, de vrai bonheur même. Mais que je voudrais donc vous voir ! Dites, vous viendrez, quand vous irez tout à fait bien. Allez-vous beaucoup mieux ? Vos névralgies sont-elles tout à fait passées ? Oh ! je le souhaite de tout mon cœur !

Si vous saviez comme les vacances me paraissent loin ! Je ne fais rien : j'ai été souffrante depuis un mois ; j'ai eu plusieurs refroidissements coup sur coup, ce qui est très stupide. J'aime à penser à ces vacances si joyeuses qu'aucune ombre n'a ternies, puisque vous vous amusiez aussi. Oh ! nous formions une heureuse troupe d'enfants, de vrais enfants, nous jouions à des jeux comme les petits et nous n'étions sérieux que pour la musique. Et puis j'ai une nouvelle amie, je vous le dis, car c'est chose rare de rencontrer une âme qui attire la nôtre et se sente attirée, elle aussi.

Si vous saviez comme elle est gentille ! Je n'ai pas pu m'empêcher de l'aimer après l'avoir vue pendant quinze jours, presque du matin au soir; elle a passé trois semaines avec nous. Vous voyez que j'ai mis les deux tiers du temps à la connaître, ensuite on regrette ce temps, mais il n'est pourtant pas perdu. Les premiers jours, je crois que je ne lui ai presque rien dit, ce n'était peut-être pas très aimable, mais Hélène parlait pour elle et pour moi.

Que voulez-vous, on a beau faire, on ne peut pas m'apprendre à être aimable quand je n'en ai pas envie ou à parler par politesse. Je ne m'en vante pas, il n'y a pas de quoi, mais je le reconnais. Ma petite amie a treize ans; je les croyais toutes ennuyeuses à cet âge-là, mais il y a des exceptions, elle a un talent ravissant sur le violon. Vous n'avez pas idée comme elle joue bien, elle est artiste jusqu'au fond de l'âme, je ne me serais pas lassée de l'entendre... Et puis, n'est-ce pas, on n'a jamais trop d'amis, et moi surtout je n'en aurai jamais que très peu... Mais ils auront une double part d'amitié. Oh ! ma chère Mademoiselle, vous me manquez tant ! Vos leçons depuis deux ans étaient l'intérêt de ma vie, je vous ai peut-être déjà dit cela, mais pardonnez-moi si je rabâche, je vous assure que toutes mes indispositions successives m'ont affaibli l'intelligence. Souvent je ne sais pas si j'ai écrit ou seulement pensé une chose. Si je vous avais, je serais tout à fait contente. J'étais si gaie cet été, comme je ne m'étais jamais sentie avant; mais je ne regretterais pas du tout ce bon temps, si nous vous avions retrouvée au retour. Je crois que vous êtes, parmi les amies que j'aime, celle qui me rend le mieux mon affection. C'est vous dont je parle peu, parce que c'est à vous que je pense le plus souvent.

Chère Mademoiselle, je vous embrasse beaucoup, beaucoup, et n'oubliez pas

Votre Gaby.

Hélène vous embrasse, et maman vous regrette presque autant que nous. Vous lui inspiriez beaucoup de sympathie; elle m'avait chargée de vous le dire dans ma dernière lettre où je ne sais pas ce que j'ai mis, mais rien que de bien sincère.

A LA MÊME

Novembre.

Ma chère, chère Mademoiselle,

Je suis désolée autant que vous de ce que vous me dites, surtout puisque votre santé en est cause; et, comme vous gardez le meilleur souvenir de nous, moi je vous dis que vos leçons et nos allées et venues avec vous ont été, toute cette année, le bonheur et l'intérêt de ma vie ; il faut bien que ce soit la vérité pour que je le dise, et ce n'est pas de l'exagération.

Mais j'espère bien que nous nous reverrons. B... et la C... ne sont pas aux antipodes... Je voudrais tant vous embrasser pour de vrai ; car je vous aime de tout mon cœur. Je voudrais que vous en soyez bien persuadée. Cela fait tant de bien de se sentir aimée et même d'aimer. Ce n'est pas par charité que je voudrais essayer de vous consoler, mais parce que je suis sincèrement votre petite amie, si vous le permettez, et je vous demande de continuer à vous écrire, cela me ferait tant de peine de n'avoir plus *nothing to do with you* (1).

Et puis cela vous distraira peut-être de savoir ce que je deviens, ce que je pense, ce que je lis, ce que je chante, car enfin il me semble que nous ne devons pas devenir étrangères l'une à l'autre, ce serait trop triste pour moi toujours. Il ne faut pas oublier ses amis, car on en a trop peu de vrais pour les laisser si facilement.

Ma chère Mademoiselle, croyez bien que si j'aime très ardemment, c'est aussi très profondément, ce n'est pas un feu de paille, et jusqu'ici je ne crois pas avoir été inconstante. C'est le moment de vous aimer le plus, puisque vous êtes souffrante et triste. Je sais bien que je ne serai pas toujours heureuse, quoique la vie n'ait encore été que très belle pour moi. Je sais bien que lorsque je serai malheureuse, et cela viendra un jour ou l'autre, hélas ! eh bien ! à ce moment-là, ce sera la sympathie et l'affection des autres qui me consolera. Oh ! il vaut mieux ne pas être trop heureux, car cela fait peur... Je sais réfléchir... Que faudra-t-il de chagrins pour compenser tout le bonheur et expier tout le mal ! Oh ! Mademoiselle, je pense souvent à tout cela et à bien d'autres choses, et quoique je me sois tant amusée cet été, cela ne m'a pas empêchée d'être sérieuse quelquefois et de penser à vous très, très souvent. Je voudrais vous faire du bien au cœur ; jamais je ne vous oublie le matin et le soir dans ma prière pour mes parents et amis préférés.

Votre Gaby.

(1) Rien à faire avec vous.

1895

A LA MÊME

22 janvier 1895.

Dearest Mademoiselle,

Si vous saviez avec quelle impatience j'attends la lettre que vous m'aviez promise ! Vous avez été si gentille de m'envoyer vos vœux juste pour le 1er janvier ! Aimez-moi encore et toujours. Germaine m'a dit que vous aviez accepté l'invitation qu'elle vous a faite de

La villa M.

venir chez elle, cela m'a donné une joie, une joie ! Mais quand sera-ce ? Je me promets tant de bonheur de vous revoir. Il nous faudra un beau soleil pour vous amener à notre M... chéri, dans le petit rond que j'aime. En attendant de vous voir dans le petit paradis de M..., je vous embrasse bien fort comme je vous aime.

A LA MÊME

Février.

Voici cette petite visite à B... déjà passée! J'ai été si contente de vous revoir! Je ne vous ai pas assez vue. J'espère que vous n'êtes pas fatiguée, que vous pourrez obtenir une autre petite permission pour plus tard venir à M... C'est là que je pourrai jouir de vous et mieux causer avec vous.

Je voudrais bien savoir si vous m'aimez moins en me connaissant mieux; je crois que je mérite bien une petite part de votre affection pour la grande part de la mienne que je vous donne.

Je suis sûre que vous étiez heureuse de rentrer à la C... et je le comprends; on ne s'habitue pas vite à être loin de son « home », et il me semble qu'il y a déjà longtemps que je n'ai pas vu tous les chers habitants de M..., et c'est le troisième jour seulement.

Tout à l'heure je vais prendre une première leçon de chant. Je me demande si j'ai fait des progrès depuis l'année dernière. C'est dommage que j'aie si mal chanté pour vous, mais depuis quelque temps j'ai très peu étudié, et voilà le *beau* résultat. J'aime passionnément la musique, beaucoup mieux que tous les bals du monde, et pourtant cela m'attriste d'en entendre. Demain nous allons à un concert de musique classique et, comme c'est le dernier qui se donne, il ne faut pas laisser passer l'occasion. Nous avons été hier aux ruines du palais Gallien : ces vieilles pierres, cela donne à penser... Je pars pour ma leçon, vite je vous embrasse, mais de tout mon cœur, *my dear* Mademoiselle.

A LA MÊME

6 mars 1895.

Ma chère Mademoiselle,

Puis-je enfin espérer que vous allez venir? Si vous saviez avec quelle impatience j'attends cette visite! J'espère que votre santé est bonne. Du reste, l'air de M... ne peut vous faire que du bien. Si vous saviez, il y a quelques marguerites dans l'herbe, je suis si heureuse de les revoir! Marie, ma petite sœur, m'en a apporté une, un de ces jours derniers, en me disant : « C'est le premier sourire du printemps. » C'est poétique, n'est-ce pas, cette façon de parler à six ans?

Nous avons eu un joli bal à J...; mais je vous dirai que, sans être pourtant blasée, je ne m'amuse pas énormément dans ces fêtes où il y en a qui paraissent avoir tant de plaisir ; je ne comprends pas quel charme on y trouve pour s'y amuser follement. Comme plaisirs, ce qui me suffit ce sont les bonnes parties à notre C..., et jamais aucun bal ne sera si charmant que nos soirées de l'été dernier, c'est là qu'on s'amuse franchement.

Je vous embrasse et venez m'embrasser aussi, ma bien chérie Mademoiselle. Comptez toujours sur mon affection et n'oubliez pas

Votre *loving* Gaby.

A LA MÊME

21 avril 1895.

Dearest Mademoiselle,

Nous voici rentrées dans le calme et je commence par vous écrire ; nous avons reçu la visite d'une partie de la famille, ce qui nous a fait passer de bonnes vacances de Pâques. Nous étions en nombre, mais pas au complet. Nous nous sommes occupés de musique et de photographie.

J'ai chanté à l'église, le jour de Pâques, un *Ave Maria* très joli. Mme de G... a chanté, comme doivent chanter les anges. Sa voix est pure comme une prière : cela fait mieux prier de l'entendre.

Chère Mademoiselle, oh ! oui, je vous comprends, moi aussi je suis comme vous, je ne peux causer à cœur ouvert qu'en tête à tête, et c'est bien ce que je pensais de vous ; ne vous lassez pas de me dire que vous m'aimez ; je le sais, mais je ne me lasse pas de l'entendre.

Êtes-vous sage et continuez-vous à suivre votre régime ? Il faut que vous soyez bien portante, ma chérie Mademoiselle.

N'est-ce pas comme tout devient joli ! L'herbe est si verte ! Et les lilas vont bientôt fleurir, ils sont en retard cette année.

Demain, nous devons aller à la campagne voir des cousins ; nous reviendrons mardi soir ; ensuite il n'y aura plus que le mariage de notre amie M..., et puis nous pourrons reprendre notre vie habituelle. Il me tarde presque d'être à ce moment-là, je ne me suis encore remise à rien, je vis trop dans le vague, ma vie me semble décousue, inutile, sans but, pourquoi ? Je sais que cela ne doit pas être. Comment faire ?

Adieu, *my dear* Mademoiselle, je vous aime et vous embrasse.

A LA MÊME

6 juin 1895.

Ma chère Mademoiselle,

Nous sommes à une vie bien tranquille depuis un mois : nous cousons et nous lisons ; j'étudie aussi mon chant, mais pas assez régulièrement ; je ne sais pas comment le temps passe ; tout ce que je sais, c'est qu'il s'en va joliment vite.

J'ai encore chanté à l'église pour la Pentecôte avec les orgues et le violon. Il y a des jours où je peins avec rage, puis j'abandonne pendant une série où il me prend une autre idée ; je sais que je ne devrais pas être comme cela, et vous devriez me faire un sermon. Quant au modelage, je l'ai complètement délaissé, je n'ai pas d'idées, pas la moindre.

Oh ! je suis ravie de Lamartine ; je commence à lire ses *Premières Méditations*. J'ai lu hier la préface, mais je compte la relire aujourd'hui. N'est-ce pas que c'est joli quand il parle de ce qu'il appelait dans son enfance la musique des anges? J'aime Lamartine.

Nous lisons tout haut en famille un ouvrage de Paul Margueritte. Au commencement, je n'aimais pas beaucoup ce style, il abuse des qualificatifs. Maintenant, je le trouve joli et vrai, bien senti et étudié sur la nature.

A... nous a apporté plusieurs livres de sa classe de rhétorique. Cela va être très intéressant à lire et aussi très instructif ; j'en ai bien besoin.

A LA MÊME

27 juillet 1895.

Dearest Mademoiselle,

Je vous ai envoyé aujourd'hui un petit rien dans une grande boite. Ce n'est pas bien joli, mais si vous saviez quel plaisir j'ai eu à le peindre pour vous ! C'est tout à fait un début pour nous, la peinture sur porcelaine, et nous avons même eu plusieurs surprises désagréables, des couleurs qui ont changé de teinte à la cuisson, nous n'avons pas encore l'expérience.

Hélène a dû vous raconter notre voyage et nos plaisirs à L... Je vous dirai que je me suis amusée comme si cela ne devait jamais finir. Que ce doit être délicieux d'être toujours gai! Je ne suis pas souvent très gaie et j'aimerais à l'être. Les jours de mauvais temps, quand j'écris mon journal, ce n'est rien que de triste ; pourquoi le soleil et la pluie ont-ils tant d'influence sur notre âme ?

Je continue à lire et à relire Lamartine, je suis contente que vous l'aimiez aussi. C'est bien vrai ce que vous dites, qu'il exprime les pensées vagues et indéfinies qu'on a soi-même dans l'âme : il semble parfois qu'on a déjà pensé une chose, mais Lamartine vous fait saisir ce vague sentiment et le fixe dans un langage si sublime. J'aime les esprits ardents, passionnés, qui cherchent toujours, qui ont un idéal. Je déteste les gens prosaïques, pratiques et mathématiques, et ceux qui voient tout en mal.

Ne croyez pas que j'aie perdu l'esprit, je suis dans une veine de joie, parce que c'est l'été. Votre dernière lettre m'a bien intéressée. Merci.

Votre Gaby.

A LA MÊME

Jeudi, 5 décembre 1895.

Il m'a semblé depuis quelques jours avoir rêvé votre passage ici ; c'était si court, mais mieux que rien. J'espère que vous n'avez pas été trop fatiguée et que notre bavardage nocturne ne vous a pas donné la migraine. J'en ai eu des remords après, mais si vous n'avez pas été fatiguée, je n'ai plus aucun regret d'avoir passé une soirée si charmante.

Oh ! que je voudrais vous voir souvent ! N'est-ce pas que nous sommes faites pour être ensemble ? Je regrette que la destinée, pour parler païennement, ne nous ait pas placées sur la même route.

N'est-ce pas que ce sera agréable, quand on entrera au paradis, de découvrir tout à coup toutes les âmes qu'on aurait aimées, si on les avait connues ; j'aime beaucoup penser à cela et aussi qu'on aura des préférences.

Je suis comme Alceste un peu, moi ; ce n'est pas que je veuille qu'on me distingue, mais enfin je trouve qu'un amour uniforme et sans préférences n'a aucune valeur.

Bientôt nous allons avoir une classe de petites bûches à qui nous tâcherons d'apprendre leur catéchisme. Henri sera le grand inspecteur et il fera une voix très féroce, si les circonstances l'exigent.

Dimanche soir, je chanterai à l'église un morceau de Gounod : *La Prière de Jeanne d'Arc.*

Je ne vous ai pas assez embrassée l'autre jour : c'est que, voyez-vous, j'avais un peu peur de vous casser ou de vous ennuyer ; j'espère que vous reviendrez : je voudrais tant que vos élèves soient gentilles !

Adieu, chère, chère Mademoiselle !

PÂQUERETTE ET MARGUERITE

La Pâquerette des prés tenait encore fermés ses pétales blancs ; la tiède brise la caressait doucement, la berçait avec tendresse.

Un rayon d'or glissa de l'horizon vermeil à travers les herbes ondulantes. Pâquerette des prés se réveilla sous ce chaud baiser du soleil...

Et petite Marguerite, qui dormait sous le feuillage, rêvait aux jolis amours ailés qui voltigent dans l'azur. Les blonds cheveux lui faisaient une auréole de chérubin.

Petit Loïk vint à passer par ce chemin, vit les paupières closes, la bouche entr'ouverte, mit un baiser en passant sur les lèvres roses.

Petite Marguerite ouvrit ses yeux bleus...

PLAINTE

Aquarelle par Gabrielle.

Entends-tu pas le vent souffler ?

Je suis là, seule, au coin de l'âtre, et tout en regardant les petites flammes folles, bleues et rouges, qui dansent gaiement, puis soudain s'éteignent après une clarté plus vive, je me prends à rêver... Je suis seule... Pourquoi ne viens-tu pas près de moi ?... Entends-tu pas le vent souffler ? As-tu pas peur de la rafale ?...

Songe qu'elle emporte les pauvres feuilles de l'été passé dans un tourbillon impitoyable ; qu'elle arrache aux dernières roses leurs derniers pétales...

Et toi, petite fleur, frêle et délicate, as-tu pas peur de la rafale ?...

Moi, j'entends le vent souffler... Et tu me laisses seule au coin de l'âtre où se meurt un triste feu. Je rêve à toi et je soupire. Tu ne viens pas et je frissonne, moi, d'entendre ainsi le vent souffler...

Moi, j'ai bien peur de la rafale...

Viendras-tu pas me rassurer ? Puisque tu ne crains pas la bise cruelle pour toi-même, ô enfant téméraire, songe à moi, du moins... Moi, j'ai bien peur de la rafale...

1896

HIRONDELLE

I

— Qu'as-tu vu, hirondelle des airs, qu'as-tu vu en quittant les rivages de France?

— Ami, j'ai vu deux jeunes femmes belles et souriantes, deux filles de Provence, assises sur le pas de leur porte. Chacune tenait sur ses genoux un enfant rose à la bouche vermeille. Le bonheur brillait dans leurs grands yeux noirs et elles faisaient se toucher les lèvres de leurs enfants... J'ai gardé dans mon souvenir le son joyeux de leur rire argentin...

II

— Qu'as-tu vu, hirondelle des airs, qu'as-tu vu en quittant les rivages de France?

— Ami, j'ai vu deux tombes blanches caressées par les flots gémissants, j'ai vu tournoyer au vent les feuilles jaunies, elles ont couvert les deux tombeaux...

Et vers le soir, dans la brume, j'ai vu deux femmes pâles, enveloppées de plis funèbres, s'appuyant l'une sur l'autre...

J'ai gardé dans mon souvenir la plainte déchirante de leurs sanglots étouffés!...

LE JARDIN BLANC DU CIEL

Le petit prince dormait. Un doux sourire errait vaguement sur ses traits pâlis. Ses longs cils faisaient une ombrée bleue sur ses joues amaigries. Sa blonde chevelure encadrait d'un nimbe d'or le mince visage du pauvre ange... Un rayon de lune entrant par la fenêtre grillée de son étroit cachot caressait cette tête courbée sous de si grandes infortunes. Dans son rêve parut un beau séraphin des cieux qui chantait un des cantiques du Paradis. Il tenait une lyre toute brillante. Et ses doigts lumineux en tiraient des accords divins...

Lorsque le cantique fut terminé, le beau séraphin, enveloppant d'un regard le doux enfant royal : « Viens, dit-il, suis-moi, je vais te montrer le jardin blanc du ciel... »

Et aux yeux ravis de Louis il vint une grande clarté. On entendait des bruits d'ailes et des souffles légers : c'était le séjour des anges...

Et il y en avait beaucoup qui flottaient au milieu des nuages floconneux...

L'enfant regarda, et joignit ses petites mains tremblantes.

Il vit des lys blancs, de beaux lys blancs qui élevaient leurs calices éblouissants dans la lumière rose du Paradis : un frisson d'allégresse fit pencher leurs corolles. Et une voix murmurante passa parmi eux, en disant : « Orphelin royal, fils de France, espère, car bientôt tu seras déchargé du fardeau trop lourd qui t'oppresse.. Réjouis-toi, nous t'attendons et ta place se prépare. Tu viendras parmi nous mêler ta blancheur à la nôtre... »

Et le beau séraphin lui baisait le front et le caressait avec les plumes de ses ailes, et lui sentait des larmes monter à ses grands yeux d'azur...

« Seigneur Dieu, disait-il, gardez-moi dans le jardin blanc du ciel... Oh ! je crois que j'y vais rester toujours... Que la terre est loin de moi !... »

— « Dis donc ! vas-tu pas te réveiller bientôt, Capet ! » dit le méchant Simon en secouant rudement le pauvre petit prince...

L'enfant tressaillit ; mais ses yeux ne se mouillèrent pas... Il était habitué !

1897

Nous sommes en mars 1897. Gabrielle a vingt et un ans. Ceux qui la connaissent bien disent qu'au physique et au moral elle a tenu toutes les promesses de son enfance. Voici comme on nous la dépeint.

Elle est grande, mince, élancée. Son visage, d'un ovale très pur, a une expression d'humble fierté, s'il se peut dire, et de franchise. Réguliers sont ses traits; fins et bien arqués, ses sourcils bruns; ses yeux, gris bleu, un peu relevés vers les tempes, avec une pointe de douce malice; le nez droit; une bouche petite, vermeille; des dents admirables; le teint légèrement rosé; la nuque et le cou élégants; des cheveux châtain foncé, qui ondulent naturellement. Son attitude est modeste, très simple, réservée, avec, sur sa physionomie, un air de douceur et une expression de bonté. On pense en la voyant : C'est une âme.

Oui, c'est une âme, très pieuse, d'une piété profonde, parce qu'elle est éclairée. Son caractère est doux à la fois et ferme; son humeur aimable et gaie.

Elle peint le portrait délicieusement et aussi les tableaux de genre. Elle sait modeler et elle fait des choses charmantes. Elle a une voix souple, sonore, étendue. Elle a appris l'harmonie. Elle aime la musique. La maison retentit sans cesse de ses chants. Mais sa plus grande joie est de chanter à l'église. Là, sa timidité, excessive dans un salon, disparaît : c'est pour le bon Dieu qu'elle chante. Et dans sa voix au timbre pur, elle met son âme, et en de tels accents, qu'elle arrache parfois les larmes. On pense en l'écoutant : C'est une âme qui aime, adore et prie.

Son journal recommence; ouvrons-le.

Mars. — Mon cœur est pénétré de ton charme divin, ô nature, splendide nature, œuvre du Tout-Puissant ! Mon âme tressaille d'une enivrante volupté, tout mon être palpite à ton souffle de vie. Tu nous parles en secret dans la solitude. Quelle délicieuse mélancolie ne fais-tu pas naître ! C'est toi qui remplis mon cœur trop vide ; c'est en toi que je sens l'idéal ; c'est toi qui élèves mes aspirations, toi qui inspires mes vagues rêveries, toi qui éveilles en moi un monde de sensations tendres et de pensées d'espérance. Oh ! montre-moi, laisse-moi voir en toi ton Créateur et le mien. Tu caches Dieu. Parle-moi, car c'est Lui qui parle mystérieusement par ta voix. Reflet de sa beauté, rayonne, éclaire-moi, élève mon cœur et fais vibrer mon âme en harmonie avec l'hymne universel.

4 avril. Bordeaux. — J'ai demandé souvent à Dieu de me faire *sentir* que j'ai la foi. Je l'ai senti quelquefois, jamais autant qu'aujourd'hui, en écoutant la parole de Dieu à Notre-Dame.

15 juin. — Je prends la résolution de vivre, d'agir en tout, selon mes principes de catholique : toujours tout droit ; — de ne jamais transiger avec le devoir, d'acquérir l'énergie, la patience, la promptitude, le renoncement à ma volonté, de mettre de l'ordre dans ma vie et d'éviter la tendance aux rêves éveillés. Je veux mettre dans ma vie pratique l'esprit de religion et l'esprit d'humilité.

1898

TOUJOURS TOUT DROIT

Lundi, 10 janvier. — Nous avons assisté à la première grand'messe de M. l'abbé D... Que c'est émotionnant! Et comme il avait un air d'ange, ce jeune prêtre, avec ses ornements blancs et son expression réellement céleste! Que de bonheur pour son père et sa mère qui étaient là, émus et rayonnants de joie!... Oh! oui, je le dis et je le pense : ils sont bien heureux ces parents là.

Je ne vois rien de plus grand pour une femme que de donner à Dieu un prêtre, et, si c'est là une ambition permise, certes je l'ai pour plus tard, si Dieu le veut bien!... Je trouve que c'est à quoi l'on peut aspirer de plus grand : être apôtre soi-même et former des apôtres de la vraie foi.

Samedi, 15 janvier. — M. D., ce jeune Anglais qui était ici il y a quelque temps, nous a envoyé de jolies cartes du jour de l'an à Hélène et à moi et à chacune des petites, qui étaient dans le ravissement... Mais ce n'est pas notre souvenir qu'il faut qu'il garde : c'est le souvenir des choses que nous lui avons dites... Je voudrais, oh! mais je voudrais qu'il devienne catholique... Depuis quelque temps j'ai un désir beaucoup plus sincère que le règne de Dieu arrive, et je crois que c'est en arrivant dans le cœur des individus qu'il arrivera dans la société, et puis, en somme, une âme est autant que des millions d'âmes, puisque la Rédemption a racheté chaque âme en particulier et que Jésus a souffert pour chacune d'elles infiniment.

Dessin à la plume par Gabrielle.

J'ai vu aujourd'hui le petit cousin Marcel. Quel joli amour que ce trésor d'enfant! Il a six mois maintenant et est bon à embrasser. C'est trop mignon, ces petits poupons, et celui-là est vraiment gentil à croquer. Ils sont si drôles avec leurs amours de grimaces, leurs grandes fureurs si vite calmées ! Et ces petits pieds tout ronds, ces menottes roses toujours en mouvement, ces petits cheveux fins et doux comme du duvet !...

Lundi, 7 février. — Vanité des vanités, tout n'est que vanité ! Et, à propos de vanités, le bal de l'autre soir a été très brillant. Nous étions en mousseline de soie et satin blanc avec du corail au cou...

Après tout, je ne comprends pas bien qu'on soit fou de bal : c'est bizarre, cette façon de tourner et de sauter, et ces bouts de conversations plus ou moins banales qui vous font vous retourner la cervelle pour trouver quelque chose à dire. Et pourtant je vois des personnes qui causent tout le temps... Qu'est-ce qu'elles peuvent dire ? Je voudrais bien leur demander leur recette pour les conversations de bal.

C'est égal, c'est un peu fade, le monde ; ce qui n'empêche pas que j'y vais et compte y aller encore, mais jamais avec fureur !... Ce n'est pas une vie !

(Sans date.) — Le soir, quand je vais dans ce sentier, le long de notre jardin, alors que la lune se lève et monte dans le ciel, semblable à un beau globe lumineux, je pense au Seigneur qui m'a donné des jouissances profondes et intimes...

Dans le calme et le silence des choses, j'entends mieux battre mon cœur, et la voix de mon âme monte plus librement, plus spontanément, vers Dieu, dans un élan de juste reconnaissance. Je pense au Seigneur qui permet que cette âme ne demeure pas distraite et indifférente devant son œuvre, au Seigneur qui me donne la vive sensation, la conscience de mon être, la faculté du cher souvenir et la sereine espérance dans l'avenir !

Mardi, 15 février. — J'ai l'air calme, insouciant, je danse, mais au fond je suis triste, je me sens comme fatiguée. Les fêtes m'attristent, et, malgré moi, après avoir ri, j'en ai de moins en moins envie. Je ne suis pas à l'unisson avec le monde : il me semble que j'en suis hors ; c'est trop vide. Je voudrais dévorer le temps, et pourtant ce n'est pas raisonnable, car je suis heureuse ; mais on a beau être heureux, on désire toujours autre chose, plus, et on pense toujours à *après*.

QUE JE VOUDRAIS SAVOIR !

Demain, demain !... Que je voudrais savoir ce que sera demain !... Cet horizon lointain, tout rose, indécis, qui semble tout au bout d'un désert immense, c'est là ce demain que j'attends... Et lorsqu'étant venu, il me sera morose, quoique déçue, hélas ! j'attendrai encore, encore, un autre demain... Et s'il vient aussi beau que le faisait mon rêve, eh bien ! de ce demain sans doute je jouirai... Et pourtant mon désir, devançant les instants, me fera dire même alors, impatiente et curieuse : Demain ! Que je voudrais savoir ce que sera demain !...

Oh ! mon Dieu ! faut-il donc que nous soyons si pressés de vivre que toujours, malgré nous, notre pensée s'épuise à sonder l'avenir, mystère impénétrable ! C'est que notre âme immense n'est jamais assez pleine. C'est que le présent est un si court moment. Tout est passé, sitôt que nous l'entrevoyons... Ce n'est pas trop pour cette âme insatiable, avide de savoir, affamée de bonheur, que toute l'éternité pour se posséder, jouir et se rassasier à la coupe de la félicité suprême.

Le temps insaisissable nous laisse le souvenir seulement, le souvenir doux, riant parfois, souvent mélancolique et douloureux surtout.

Mais toi, mon cœur, tu as l'espérance... Le souvenir reste à ceux qui n'ont plus que lui... Toi, regarde en avant, vers l'avenir qui rayonne. Confiance !... Le Seigneur te protège et te conduit : que pourrais-tu craindre ?

---

10 Avril. Pâques ! — Oh ! quelle joie débordante nous donne ce cher soleil dans ces premiers vrais jours de printemps !

En ce moment, le voici qui commence à incliner vers l'horizon, et les oiseaux gazouillent et piaillent à qui mieux mieux, ils se disputent, comme toujours, une place sur les branches, pour la nuit. Comme les enfants, ils veulent tous la même, les petits fous !

Alleluia ! Il me semble que tout chante la joie. Mon cœur déborde d'allégresse en ce temps pascal comme si, tous les ans, réellement, c'était ce jour même que Jésus était ressuscité. « Voici le jour que le Seigneur a fait ! Réjouissons-nous en ce jour et tressaillons d'allégresse. »

Ceci m'est venu au réveil tout naturellement; ce qui prouve combien l'Église, qui répète cette parole ces jours-ci, est conforme aux sentiments de ses enfants. Comme elle sait bien les exprimer, cette mère que, peu à peu, j'aime de plus en plus !

Plus on la connaît, plus on l'aime; plus on l'aime, mieux on désire la connaître vraiment, et surtout la faire connaître.

Il y a toujours un moment, je crois, où il vous vient un zèle de néophyte qui vous donne une grande joie et une grande ardeur, et puis aussi une grande sécurité qui vous permet de vivre dans le présent, avec une espérance immense, un ressort puissant, pour résister, subsister, malgré la monotonie de la vie. Nous ne sommes pas de ceux qui n'ont plus d'espérance : nous sommes les enfants du grand Dieu qui a voulu souffrir infiniment et mourir pour nous.

Un de ceux qui ont cru en Jésus, un de ceux dont j'admire le plus la foi, c'est le bon larron : reconnaissant son Dieu dans cet homme qui meurt du même supplice que lui ! Quel mouvement prodigieux de la grâce l'a touché à ce moment ! C'est incompréhensible réellement à la raison purement humaine. Que ceux qui attendaient le Messie aient cru à cet homme entouré de disciples, entraînant les foules, opérant des prodiges, cela peut se comprendre ; mais voir ce misérable condamné prier comme un Dieu ce compagnon d'infortune, c'est plus qu'admirable, et pourtant ce passage de l'Évangile ne frappe pas tout d'abord, et il semble tout simple que ce premier entré au ciel ait cru que Jésus était Dieu.

Mercredi, 20 avril. — Dimanche dernier nous avons chanté la messe en plain-chant, à la grande satisfaction de M. le curé. Il est très bon, et cela nous fait plaisir de lui en faire. Il est si pieux et il aime tant qu'on chante pour le bon Dieu ! Vraiment je crois qu'il nous a communiqué un peu de son zèle. Si, il y a un an ou deux, on m'avait demandé de faire ce que nous faisons maintenant, je suis sûre que j'aurais regimbé vigoureusement. Je suis en train d'être domptée en ce moment. Je me cabre moins. J'adoucis l'écorce. Une fois l'écorce adoucie, j'espère que le fond sera bon. Je veux devenir une femme bonne pour que mon mari aime Dieu et la religion qui m'auront améliorée.

Dans quinze jours nous serons à la retraite du Sacré-Cœur ! Quel bonheur d'y retourner, et cette fois plus nombreuses !

Samedi, 30 avril. — Ce matin, l'Œuvre de l'*Ave Maria* a fait dire une messe pour la France. Nous avons chanté de tout notre cœur : c'est que nous sommes des patriotes, nous, et que nous supplions

Dieu de ne pas abandonner à elle-même la France de Jeanne d'Arc. Nous avons chanté : *O Marie, ô mère chérie, garde au cœur des Français la foi des anciens jours,* et puis : *Nous voulons Dieu ; Pitié, mon Dieu ! c'est pour notre patrie ; Parce Domine* et *O salutaris,* tout cela avec tout l'élan possible. M. le curé a été content et, j'espère, le bon Dieu aussi. Il faut bien que les Françaises prient pour les Français ! Avec tant de prières peut-être au moins y aura-t-il du mieux dans la prochaine génération, s'il n'y a rien à tirer de la présente.

Ces jours derniers nous avons beaucoup prié pour la France pendant notre retraite au Sacré-Cœur. Nous autres femmes, nous ne sommes pas réduites à l'impuissance puisque nous avons la prière. Cette arme pacifique a une grande portée, j'en suis absolument convaincue. Quand nous étions toutes agenouillées pour la France, on sentait quelque chose d'ému au fond du cœur, et puis on se sentait doublement unies par des liens très forts et très doux. Nous suppliions notre Père du ciel pour la Patrie, notre Mère. Nous étions bien vraiment sœurs, enfants de Dieu et de la France.

La retraite était prêchée par un Jésuite de Paris, le P. M..., qui nous a admirablement parlé. Son genre n'est pas austère, et, par moments, il nous faisait rire avec sa façon originale de dire les choses, et puis il avait une manière extrêmement élevée, en même temps que très pratique, de nous faire envisager la vie. L'avant-dernière instruction précédant la communion a été remarquable. Jamais comme alors je n'avais été frappée, saisie de la pensée de la présence réelle. Et pourtant il ne nous a pas fait de profondes considérations, mais c'était simple, touchant, sincère, avec cet accent de conviction profonde qui nous va jusqu'au fond du cœur. Je crois que je n'oublierai jamais ce moment-là. Lui-même était ému en nous parlant. On sentait bien que vraiment Jésus lui-même, comme parmi ses apôtres, était tout près de nous. Nous n'avons rien à envier aux apôtres, puisque Jésus ne nous quittera jamais, à moins que nous ne le chassions. Et puis n'avons-nous pas dix-neuf siècles de catholicisme pour appuyer notre foi ?

FRANCE BIEN-AIMÉE !

Vois-tu, France bien-aimée, tous les enfants fidèles vibrer à l'unisson, lorsqu'on te jette l'outrage, ô Patrie, sainte Patrie, notre Mère ?

Oui, tu les vois, et ton cœur blessé en reçoit un baume de consolation. Tu souffres! Si tes plaies se rouvrent, ne sommes-nous pas là, tous, prêts à les cacher, à les fermer sous nos baisers ardents?

Entends-tu, France bien-aimée, ce cri délirant de tes fils lorsqu'ils t'acclament, ô Patrie, sainte Patrie, notre Mère!

Oui, tu l'entends, et ta grande âme palpitante en tressaille de joie. Lève ta noble tête, environnée d'un nimbe rayonnant, double auréole faite de sublimes douleurs et de gloires séculaires.

Et vous, ô loque sacrée, drapeau de la nation, bel oriflamme aux trois couleurs ou étendard immaculé de la sainte Pucelle, nous marcherons à votre suite, car en vous nous saluons la Patrie seule, la France de Jeanne d'Arc, la France bien-aimée!

Nous vous suivrons partout, à la peine souvent, à l'honneur toujours! Nous savons le chemin, nos aïeux l'ont tracé pour que nous y passions, ils l'ont arrosé du plus pur de leur sang, ô Patrie, sainte Patrie, notre Mère!

PRINTEMPS!

C'est le printemps. Les feuilles tendres couvrent d'un vert très délicat les rameaux pleins de sève que balance la brise, et le soleil nouveau filtre en pluie d'or à travers la jeune verdure. Des insectes ailés sans nombre dansent et bourdonnent dans l'air frais et la lumière blonde, tandis que, parmi les grains de sable et les bruits d'herbe, des tribus de fourmis affairées vont et viennent sans relâche. Dans les branches éclatent des chansons joyeuses, il se fait des bruits d'ailes, de charmantes disputes. Tout ce petit monde bien vivant remue et travaille, roucoule et s'égosille, et, dans la joie de vivre, dit à tous les échos : C'est le printemps!

Et les petites fées des bois, éveillées par la nouvelle joyeuse, remplissent leurs écharpes de fleurettes printanières, vont, légères et blanches, effleurant à peine les herbes ondulantes, semer aux buissons, aux prés, le long des sentiers, les trésors de la nature.

Les sylphes, attentifs, entendent leur appel, accourent à leur suite, dansent dans les rayons, et joyeux, eux aussi, de l'annonce du printemps, versent sans compter les gouttelettes de rosée.

Si prodigues sont-ils, ces petits farfadets, que tout, même les toiles d'araignées qui pendent aux genêts, se trouve constellé de diamants et de perles; pas une marguerite, pas une violette n'est oubliée; chacune présente au jeune soleil son cœur pour un baiser et chaque papillon a dix fleurs pour lui seul!

Dans le ruisseau gazouilleur, les libellules viennent tremper leurs ailes diaphanes, et les sylphes, en les poursuivant pour les porter à leurs fées, se suspendent aux fils de la Vierge, de crainte de mouiller leurs petits pieds... Et tout ce qui sent, tout ce qui vit, tout ce qui aime, tressaille au souffle béni du printemps...

Le printemps est revenu !...

SOIR D'ÉTÉ

C'est l'heure où la lune, émergeant de la sombre masse des sapins qui bornent l'horizon, inonde d'une clarté opaline la campagne très calme, très reposée. Une sérénité douce plane et s'épand mollement sur toutes choses. Les troupeaux sont rentrés. Vaguement on entend encore quelques appels de pâtres, quelques mugissements dans le lointain. Là-bas, à mi-côte, une fenêtre de ferme s'éclaire. Plus loin, un feu d'herbes s'éteint, faible lueur indécise se ranimant par instants de reflets mourants. D'autres feux ont laissé une traînée grisâtre qui s'étire en long voile sur la vallée; on croirait voir un beau fleuve qui s'argenterait sous la lumière blanche, tandis que la petite rivière qu'on devine entre les peupliers se cache modeste parmi les joncs. Une sérénité douce plane et s'épand mollement sur toutes choses...

Là-haut, dans la voûte constellée, le chemin de Saint-Jacques trace sa voie céleste. Là passent les anges, avec des prières du soir plein leurs écharpes de gaze. Une sérénité douce plane et s'épand mollement sur toutes choses.

Ils passent seuls ou en groupes, mais on ne les distingue pas de si loin; seulement parfois, s'ils sont très nombreux, on les prend pour des nuages blancs comme des flocons...

Ceux qui portent des encensoirs se voient très clairement, ils glissent tout droit, puis disparaissent... Ils vont par les profondeurs mystérieuses où passent aussi les âmes de ceux qui vivent éternellement...

Ces anges-là, comme les autres, remontent de la terre, et l'encens qui brûle dans leurs encensoirs, c'est l'arome des fleurs embrasé par le pur amour des cœurs religieux... Ils emportent aussi là-haut, dans les sphères lumineuses, le tintement des *Angelus* qui sonnent l'*Ave Maria*, doux écho qui va, s'affaiblissant, égrener ses notes le long des sentiers célestes... Une sérénité douce plane et s'épand mollement sur toutes choses...

Mais soudain, dans la paix du soir, la chouette a jeté son cri lugubre... Et les chérubins ont frémi, sentant se mêler aux suaves parfums du Bien l'âcre odeur de l'Iniquité sombre...

Cependant une sérénité douce plane et s'épand mollement sur toutes choses.

Vendredi, 8 juillet. — Je suis installée sur l'herbette, ce qui va rendre ma belle écriture encore un peu plus *cat like* (1) que d'habitude. Il fait si beau aujourd'hui, et le soleil se fait si rare par le temps qui court qu'il faut en profiter !

Je suis une *giddy head* (2) depuis quelques jours, très joyeuse et pleine de *fun* (3), et je me sens très jeune. Nous avons clôturé, la semaine dernière, les séances de la société de travail, clôturé gaiement ces deux bonnes années... passées, passées !

Il faut *look forward* (4) et espérer dans l'avenir. G. et A. nous ont fait leur discours d'adieu qui a été bruyamment applaudi. C'est très gai, tout cela. Il y a pourtant du triste au fond... C'est du passé ; c'est du souvenir : il y a toujours de la mélancolie dans le souvenir.

Qu'allons-nous faire sans A. et G. ? Elles sont heureuses ! Ce qui n'empêche pas que nous sentirons le vide... Ce sont nos deux meilleures amies... Enfin on se reverra assez souvent, et, avec elles deux, l'affection pour les amies ne peut souffrir d'une affection plus grande et nouvelle, je le sens, j'en suis sûre, et cela est une très douce conviction.

J'ai fait leur portrait au pastel à ces deux petites. Celui de G. surtout est réussi.

Dimanche, 25 septembre. — Je viens de terminer la lecture du *Désastre,* de Paul et Victor Margueritte.

Ce livre m'a fait tressaillir le cœur. Quel désastre, en effet ! mais quelle sublime grandeur mêlée à tant de honte !

De ce livre, il ressort si bien qu'avec des troupes comme les nôtres, malgré tout le désordre, tout le gaspillage, on aurait pu faire quelque chose, on aurait pu lutter !

O ma patrie, je t'aime passionnément, je comprends qu'on puisse mourir pour toi, je comprends la sublime folie de l'amour du drapeau. Le drapeau, qu'il soit blanc, qu'il soit tricolore, peu importe ! c'est le drapeau français, et cela suffit.

(1) Écriture de chat.
(2) Tête étourdie.
(3) Drôleries.
(4) Regarder en avant.

Je suis fière d'être Française, belle France aimée, pour laquellé je désire les faveurs de Dieu, ses bénédictions. Quand donc comprendrons-nous que Dieu seul est notre appui ? Quand donc serons-nous fiers d'être Chrétiens en même temps que Français ? Il faudrait qu'individuellement, au moins, chacun se donnât la tâche de travailler au relèvement de la France par la moralisation, et il n'y a pas de morale pratique en dehors de la morale de l'Évangile... Ayez de fervents chrétiens ; vous aurez d'honnêtes hommes, désintéressés, incapables d'aucune action lâche et honteuse. De vrais chrétiens ne se mettraient pas dans une affaire louche. Ils ne vendraient pas leur conscience. Mettez de vrais chrétiens partout, et voyez le résultat. Le but est surnaturel ; le mobile est désintéressé. Dieu lui-même contrôle les actes. Les principes droits et fermes assurent de la conduite. A un tel homme, confiez un secret d'État, vous n'avez pas besoin de son serment. Il n'a qu'à affirmer simplement qu'il ne dira rien : il ne dira rien. Un simple honnête homme, il est vrai, est capable aussi de cela ; mais, s'il faillit, moi je l'excuse. Si le chrétien fervent faillit, non, je ne l'excuse pas. Oh ! si jamais j'ai des fils à élever, avant tout j'en ferai des chrétiens ; alors sûrement ils sauront être des Français, c'est-à-dire des braves et des hommes. — L'éducation des enfants, voilà un moyen de régénérer la France. — L'initiative privée ne peut rien de plus sûr... Dès l'enfance, penser aux hommes de l'avenir !

Lundi, 26 septembre. — Il me semble qu'en général on donne beaucoup plus de soin à l'éducation morale des filles qu'à celle des garçons. Si cela est, je trouve que c'est un tort. Quand on a le bonheur et l'honneur d'avoir des fils, on ne peut avoir une trop haute idée de la mission qui incombe : d'abord former leur conscience ; ils auront tant besoin d'une conscience droite et ferme, les pauvres enfants ; c'est une chose si délicate, qui se fausse si facilement ! Et puis développer leur jugement et surtout, surtout, les habituer à considérer le devoir avant tout. Il est vrai qu'on peut avoir affaire à des natures plus ou moins généreuses, plus ou moins riches ; mais, quelle que soit la nature, l'éducation peut beaucoup et il n'y a pas de soins trop exagérés. On ne travaille pas pour soi, on n'élève pas non plus ses enfants pour eux-mêmes, pour leur bonheur, sinon, hélas ! combien peu souvent on réussit ! Non, il faut un but plus grand, il faut viser très haut, les élever d'abord pour Dieu, en faire des patriotes et des êtres d'utilité sociale. Il ne faut pas se croire un univers par soi-même, un centre par soi-même ; mais il faut bien comprendre que l'individu, dans la société, est un membre, et que chaque membre doit concourir, selon ses moyens, au plus grand bien de tous, au progrès, à l'élévation, à la grandeur sociale. — Les actes individuels doivent avoir une portée sociale ; il n'y a rien de si petit qui soit indifférent ; en soi, ce n'est rien pourtant !

L'éducation de l'enfant qui sera un homme peut sembler chose indifférente au bonheur général : qu'importe un homme sur tant de millions d'hommes? Qu'importe! mais si chaque mère fait un homme de son fils, un homme dans le sens élevé et noble du mot, quel

Dessin à la plume par Gabrielle.

résultat! Donc une seule femme, en travaillant avec cette pensée, travaille au relèvement moral, à la grandeur de la nation. Il y a là une tâche sublime pour qui veut bien se donner la peine de l'entreprendre. Trop souvent une jeune fille se marie sans comprendre que c'est une véritable mission que celle qui va lui échoir. Elle ne regarde pas la vie d'un point de vue assez élevé. Elle ne s'en fait pas une grande idée d'ensemble. Elle est ou l'idole ou l'esclave de son mari. Elle est le centre de l'univers ou bien elle compte pour un zéro. Un « homme », fils d'une femme sérieuse, un homme de devoir, de principes, peut faire de sa femme ce qu'a été sa mère. Et quel homme de principes plus solides peut-on trouver qu'un *vrai* chrétien ?

17 décembre. — Quand on croit à une autre vie, on ne doit pas s'étonner de voir la vertu souffrir, mais on peut s'inquiéter charitablement, quand on voit le mal triompher et jouir.

On ne peut pas s'étonner de tout ce qui étonne les incroyants qui ne pensent pas que « Dieu est patient parce qu'il est éternel » et que son jour terrible viendra. Or, lorsque ceux qui agissent mal sont malheureux sur la terre, c'est un signe de grande miséricorde que Dieu leur donne. Donc, c'est dans cet esprit-là qu'on devrait leur souhaiter d'être malheureux, *parce que c'est* véritablement un vœu charitable à leur faire. Cependant, je trouve qu'il ne faut pas dire : « Il leur arrivera malheur, cela leur portera malheur. » C'est vrai cependant, ce sera vrai en *ce* monde ou dans *l'autre,* mais ce n'est pas à dire, cela peut être mal interprété. Dans tous les cas, cela permet à certaines personnes de dire : « Voyez-vous ces vieilles dévotes, comme elles sont méchantes ! » Et je trouve qu'elles le paraissent certainement aux yeux de qui ne peut comprendre le vrai motif qui dicte ces paroles.

VIVRE !

Voir naître et mourir ; voir apparaître les uns, disparaître les autres ; voir sourire les printemps, soupirer les automnes ; laisser un peu de soi à chaque pas sur sa route ; donner si souvent une part de son cœur, et en avoir toujours autant à donner ; avoir l'âme pleine de souvenirs, illuminée d'espérance ; se sentir parfois le centre de l'univers et parfois un atome errant dans l'infini ; aimer le bien, le vouloir ; demander à Dieu seul les « pourquoi » de la vie ; sentir en son être un tumultueux mélange d'idées vagues, d'aspirations nobles, de désirs toujours inassouvis, mais sans cesse renaissants, c'est vivre !...

Ce que nous appelons vivre, c'est chercher ; et mourir, c'est avoir atteint son but, c'est être délivré des entraves des sens, c'est jouir de l'intensité de la vie, jouir de la possession de l'idéal.

CONTE DE NOEL

Sous son blanc manteau de neige, bien douillettement cachée, la terre semble dormir ainsi qu'en un linceul...

Et, dans le ciel qui scintille, toutes les étoiles se sont allumées... Des anges, avec les prières du soir plein leurs écharpes de gaze, s'en reviennent d'en bas par le chemin de Saint-Jacques... Ils vont par les profondeurs mystérieuses, répandant le long des sentiers célestes l'encens qui brûle dans leurs encensoirs, arome de fleurs vivantes, naïf amour de cœurs innocents...

Cependant, voilà que dans la nuit résonnent à grands carillons toutes les cloches des églises, égrenant joyeusement leurs notes pour chanter à tous les échos la bonne nouvelle : Noël ! Noël ! Noël !

Sur terre, dans le ciel, tout est en fête; en dépit du froid, de la neige, toutes les âmes se dilatent, tous les cœurs se réchauffent. Même dans la modeste chaumière du brave Kerdic, le patron de la *Stella Maris,* il y a un petit garçon bien joyeux... Yves attend avec impatience le beau jour de Noël.

Dessin à la plume par Gabrielle.

Voilà un an qu'il y pense, oui, un an, car le dernier Noël, hélas ! était bien triste, et, cette fois-ci, Yves attend quelque chose qui va combler ses désirs... Yves se souvient de l'année passée, quand pauvre maman pleurait toujours et que papa ne souriait plus parce que le tout petit frère s'en était allé...

Yves ne pleurait pas, lui, parce qu'il était un homme ; même quelquefois il lui arrivait de commencer à rire, mais bien vite il s'arrêtait, parce que papa ne savait plus rire avec lui... Alors le soir de Noël, après avoir mis ses sabots au coin de la cheminée, Yves tout triste, le cœur bien gros, était allé se coucher dans son lit tout contre celui de grand'mère... Et comme la porte de la chambre où se faisait la veillée était ouverte, Yves entendait les soupirs de pauvre maman ; il pouvait l'apercevoir assise sur sa chaise, regardant les tisons avec une expression navrante sur sa chère figure...

Longtemps, Yves la contempla, cherchant dans son tendre petit cœur par quel moyen la consoler, lorsque tout à coup il vit près de son lit comme un nuage lumineux... Au milieu du nuage apparut un bel enfant au visage rayonnant. L'enfant sourit à Yves qui en eut l'âme toute réjouie.

L'Enfant Jésus dit : « Yves, que désires-tu ? Veux-tu un beau lys merveilleux, semblable à celui que porte en sa main l'ange Gabriel ? La rosée qui brille sur ses blancs pétales est faite de diamants et son cœur est d'or fin...

— Bon petit Jésus, dites-moi, cela ferait-il sourire maman ?... De vous, tous les présents me rendraient heureux, mais si maman pleure, je ne peux pas rire, moi... Bon petit Jésus, dites-moi ce qui ferait sourire maman ? »

L'Enfant Jésus répondit : « Yves, ce que tu désires, je te l'accorde... Sois bon, sois sage, bientôt elle sourira... Elle pleure parce qu'un de ses anges a quitté le foyer. A Noël prochain il lui sera rendu... Seulement, pour toi, petit Yves, il n'y aura donc rien? Que désires-tu?

— Bon petit Jésus, je serai si heureux que maman ne pleure plus, que rien autre ne pourrait augmenter ma joie... Bon petit Jésus, merci!... »

Puis l'Enfant Jésus avait disparu tandis que des voix lointaines bien pures et des vibrations de harpes, des sons de lyres, qui semblaient un écho affaibli des harmonies célestes, chantaient : Noël! Noël! Noël!

Enfin, après bien, bien longtemps, un autre Noël est revenu, et Yves est heureux, très heureux, ce soir, parce qu'il n'a pas oublié la promesse du petit Jésus... Déjà maman a souri plusieurs fois... Et pourtant Yves n'a rien dit : il faut qu'on ait la surprise!...

Et lorsque dès l'aurore résonnent à grands carillons toutes les églises, égrenant joyeusement leurs notes pour chanter Noël à tous les échos, dans le berceau à rideaux blancs, le petit frère est revenu...

Et dans les sabots d'Yves il y a tout de même des bonbons.

A SUZANNE

Suzanne, votre nom est le même que celui du jeune lys qui croît dans la vallée. Votre cœur et le sien sont très profonds, très tendres; tous deux s'ouvrent à la vie, au soleil du printemps.

Le beau lys étincelle comme une fleur de neige ; vos yeux réfléchissent toute la clarté des cieux...

Quand le voile du soir descend de l'horizon, il semble que la fleur ait perdu son éclat, mais dans l'ombre toujours elle demeure fleur de neige et la première étoile trahit sa blancheur pure...

Suzanne, lorsque la vie pour vous s'assombrira, quand tout autour de vous sera morne, et triste, et sans intérêt, que Dieu vous soutienne, ma bien-aimée !... Attendez... Peut-être bientôt une espérance éclaircira la nuit de votre peine...

Et comme l'étoile pâle, brillant là-haut, suffit pour montrer que le lys a gardé dans la nuit sa sereine blancheur, qu'ainsi un rayon d'espérance, ce sourire divin, puisse trouver votre cœur prêt à le refléter !...

Suzanne, votre nom est le même que celui du jeune lys qui croît dans la vallée...

Dessin au crayon par Gabrielle.

1899

Nouvelle année ! Nouvelle année...

Étant donné qu'aujourd'hui est le 2 janvier, le 1er était hier... Beaucoup d'étrennes, beaucoup de joie pour les petits...

Moi, j'ai eu un joli cadeau samedi, une mignonne petite créature vivante, puisqu'elle a un cœur qui bat, qu'elle marche, qu'elle parle, puisqu'elle dit l'heure, enfin une montre, une charmante amour de montre en or avec mes initiales, que j'appelle Suzette, parce que c'est un souvenir de mon amie Suzie.

C'est trop gentil à elle de m'avoir donné cette mignonne chose pour me remercier d'avoir fait son portrait que j'ai eu tant de plaisir à faire ! Ce cadeau m'a donné un plaisir enfantin, je la regarde, je la considère, cette petite Suzette !

La journée du 1er janvier s'est bien passée, mieux que Noël, car justement notre pauvre papa a été bien souffrant ce jour-là et le lendemain.

Janvier. — Je rêve à des choses futures... J'attends la vie et elle me paraît belle... Que fait-on de la vie ? On est jeune, on est heureux par l'espérance (admettons un commencement de vie sans déception aucune), on aime, on est aimé... Voici deux êtres unis pour toujours ; puis viennent les enfants, joies, bonheurs purs et saints...

Toute cette vie a été heureuse, et puis il faut mourir, on a vécu un temps, c'est passé. Qu'a-t-on fait pour *après ?* Le corps est en poussière, personne ne pense plus à nous. Qui pense aux disparus d'il y a seulement cinquante ans, trente ou vingt... et moins ? Une fois que les mères des disparus sont mortes, qui donc pense à eux sans cesse ? A peine si un nom prononcé rappelle un vague souvenir, et ce nom qui ne rappellera rien, ce sera le mien, de moi qui me crois le centre du monde, de moi qui pense, qui sens, qui aime, qui veux, qui vis...

Seigneur, donnez-moi votre grâce pour qu'en tous les actes importants de ma vie je me dise avant toute autre considération : « A l'heure de ma mort, que voudrais-je avoir fait dans cette circonstance ? »

Et il faut avoir la force d'être sincère avec soi-même...

Vendredi, 17 février. — F... est mort hier soir d'une attaque d'apoplexie. Pauvre homme, que Dieu ait son âme!

C'est terrible de mourir ainsi, d'être surpris de cette façon... Comment sommes-nous assez fous pour n'être pas toujours prêts à être enlevés d'ici-bas quand nous voyons à chaque instant des exemples aussi frappants?... Les pauvres hommes sont encore plus fous et insensés que mauvais! Et il faut demander à Dieu d'avoir grande miséricorde... Il est vrai qu'alors c'est l'heure de la justice, mais j'espère et je crois que la justice divine verra beaucoup de circonstances atténuantes. Que pouvons-nous savoir des jugements de Dieu? Savons-nous les influences qui ont agi sur telle âme? Savons-nous si tel homme, placé dans notre situation, n'eût pas mieux profité que nous des grâces, des avantages que Dieu nous a donnés?...

Vendredi, 10 mars. — Hélène va partir demain pour Limoges avec bonne maman pour voir ces pauvres de B... qui ont perdu le mois dernier leur petite Augustine. Ils sont bien malheureux : il ne leur reste plus que quatre enfants sur huit, et puis la santé du père est complètement perdue maintenant, sa vie est un martyre presque continuel, mais il est si résigné, si chrétien! C'est bien beau et bien enviable, on peut le dire.

Quelques jours après, est morte ici une toute jeune fille de quinze ans. Je n'ai jamais vu d'enterrement qui m'ait autant touchée. Il faisait si bon, si beau, et tout semblait si riant, il semblait que cette petite âme innocente était heureuse. On croyait la sentir dans la paix et dans la lumière du bon Dieu.

Il est certain qu'on est heureux d'être mort très jeune, mais c'est triste pour ceux qui voient mourir.

Jeudi, 23 mars. — Il me faut toujours quelqu'un que je puisse aimer passionnément. Sans cela je ne suis pas heureuse et je m'ennuie. Autrefois je m'imaginais que l'objet de mon affection serait unique, mais je m'aperçois que j'ai déjà aimé beaucoup de personnes passionnément et sincèrement. Toutes celles que j'ai aimées ainsi, je les aime encore, mais avec plus de calme. Quel cœur d'artichaut! Mes affections sont toujours fougueuses, surtout à leur commencement, puis elles se calment, mais sans disparaître ; c'est simplement le nombre qui augmente, il y a tant de place dans le cœur; quand il n'y en a plus, il y en a pourtant encore, et on n'est heureux vraiment que lorsqu'il déborde! Je voudrais toujours avoir le mien débordant...

A UNE JEUNE INSTITUTRICE

18 avril 1899.

Chère Mademoiselle,

La semaine prochaine, nous allons à la retraite du Sacré-Cœur. Si vous veniez à A... entre lundi et samedi, vous devriez tenter de nous voir; si ce n'est pas à l'heure d'une des instructions, nous recevrions votre visite avec grand plaisir. Si vous veniez, je vous montrerai ce que j'ai écrit : un conte de Noël, une petite saynète à deux personnages. Je n'avais jamais essayé ce genre-là. Quelquefois il me semble que le temps est long, et pourtant je n'en ai jamais assez pour tout ce que je voudrais faire. Si seulement on pouvait ne pas manger et ne pas dormir!... J'aime pourtant bien à dormir.

Hélène et moi faisons le portrait de bonne maman au pastel. Hélène l'a commencé et moi je le finis, mais, en général, je n'aime pas ces partages. On met trop de soi dans ce que l'on fait pour aimer ces collaborations.

Je vous félicite chaudement sur l'amélioration de votre chère chère petite santé et sur votre future dignité de tante, et je vous embrasse de tout cœur.

GABY.

Mercredi 30 août. — Je n'écris presque jamais à présent, je ne sais pas pourquoi, car j'en aurais le temps si je voulais. On a toujours le temps de faire ce qu'on veut bien faire, mais quand on ne le veut pas beaucoup, on se figure très sincèrement que c'est le temps qui vous manque... J'ai écrit au moins une dizaine de lettres depuis que nous sommes ici (1). C'est beaucoup pour moi, et pourtant quand je m'y mets, cela va tout seul, et ma plume bavarde, bavarde comme une petite pie. C'est bizarre : en lettres j'aime à bavarder, à dire des riens aimants à mes amies, et en paroles je ne suis pas du tout du même genre ; je suis plutôt silencieuse, quand je ne suis pas en grande gaîté.

Cela m'arrive quelquefois d'être dans cette veine-là, et beaucoup plus souvent qu'autrefois.

Enfant, je paraissais plutôt grave et je me sentais souvent très, très mélancolique ; puis j'ai eu une série de misanthropie, de sauvagerie redoublée, puis une de « philosophie pratique », d'insouciance et de gaîté intense, même jusqu'à l'année dernière. Maintenant toutes

(1) A la campagne.

ces exagérations se calment. Je crois, j'espère que je m'équilibre. Et j'ai laissé derrière moi ma frénétique timidité ; cela, j'en suis bien aise ; c'est parti tout seul, je ne sais comment. Mais j'en conserverai toujours peut-être un tout petit fond, bien au fond, qui cependant paraît à l'extérieur quand on ne me connaît pas... Beaucoup de personnes me croient froide d'abord, puis peu à peu elles changent d'avis...

C'est égal, il faut toujours garder un petit coin de cœur à soi tout seul, son petit sanctuaire particulier. Même avec ce coin réservé on a la place de mettre tant et tant d'affections et d'amitiés, et il y a toujours de la place de reste, malheureusement, et c'est à Dieu qu'il faut le dire, car cela fait souffrir, ce vide, et il n'y a que Dieu pour savoir le combler. C'est le vide que ressent la créature humaine faite à l'image divine, mais déchue de sa nature et insatiable d'éternel et de stabilité.

L'homme est un dieu tombé qui se souvient des cieux.

Oh ! oui, c'est vrai, mais la lutte intérieure de ce dieu tombé est bien effroyablement terrible ! Et même, sans être un monstre, on se sent bien tiré, bien attaché du côté de la terre. On croit se sentir des ailes, on essaie de s'élancer vers l'idéal, mais vos ailes n'ont pas assez d'envergure pour vous soutenir en haut et il vous faut sans cesse redescendre. Et, malgré tout, toujours ce maudit petit démon d'orgueil qui relève son affreuse frimousse et toutes ces petites vanités qui poussent partout comme des champignons vénéneux... Ce qu'il y a de meilleur, je crois, contre cet orgueil et ces vanités, c'est de lire la vie des saints, des grands saints, et aussi des humbles saints et saintes de tous les jours, qui n'ont rien eu d'extraordinaire dans leur vie et que l'on peut imiter ; car, en somme, il faut bien arriver à être saint pour être sauvé. Ah ! c'est effrayant de penser que rien d'imparfait n'entrera dans le royaume des cieux ! Il y a de quoi vous faire rentrer en vous-même. Par moments il me semble, même, que je suis absolument folle, que tout le monde est absolument fou de vivre tout tranquillement comme nous vivons... Je pense comme les saints, je désire arriver au bonheur éternel, et que fais-je pour cela ? Eux, ils étaient conséquents avec eux-mêmes ; moi, et la plupart des hommes, nous sommes des fous d'inconséquence...

Et dire que les saints et moi, et nous, nous visons au même but ! Mais au moins j'espère que dans les grands actes de la vie je saurai agir selon mes principes, car la religion qui ne dirige pas la vie n'est qu'une religiosité vague ou un assemblage de superstitions puériles, et on met le tout de côté dès que cela devient gênant ; tandis qu'il y a des moments où la religion doit être un frein et, comme le dit le P. Lacordaire, « c'est la *vertu* qui fait *peur* de la foi ». Plus je vis et plus je crois voir quelle vérité il y a là-dedans... Pourquoi des hommes droits et sans reproche craindraient-ils la lumière de Dieu ? Et comme ils doivent y revenir facilement, quand rien autre chose ne les retient et qu'ils ont gardé une morale, une conduite pure ! Seulement il me semble rare et extraordinaire d'avoir pu garder une vie pure avec les seules forces humaines... Est-ce possible ?

Novembre. — Le pauvre Ch. de B. est mort au mois d'octobre. C'est bien triste pour les siens ; mais, pour lui, moi, j'appelle cela une délivrance, d'autant plus qu'il était véritablement l'homme juste et religieux par excellence. Il avait beaucoup souffert de toutes façons ; il avait toujours aimé et servi Dieu et fait son devoir.

A UNE JEUNE INSTITUTRICE (1)

31 décembre 1899.

Chère Mademoiselle,

Que le temps passe ! Ou plutôt comme nous passons... Lorsque cela ne vous fait pas réfléchir, c'est que vous êtes un peu fou ou trop léger... Et c'est le cas, il faut bien le dire, de la plupart des hommes ! Je vous envoie pour cette dernière année du siècle mes souhaits toujours aussi affectueux, car vous avez toujours gardé un petit coin tendre de mon cœur, et je ne pense jamais à vous que comme à une vraie amie. Oh ! je voudrais bien vous revoir ; sera-ce possible cette année ? Je vous vois très clairement dans mon souvenir, mais je ne trouve pas que ce soit assez, et c'est votre chère petite personne que j'aimerais à revoir... en personne.

Recevez mes plus affectueux baisers et pensez quelquefois à

Votre Gaby.

(1) Sur une carte du jour de l'an.

A LA MÊME

Mardi, 8 mai 1900.

Ma chère Mademoiselle,

Cela m'a fait grand plaisir de vous revoir ; c'était bien peu de temps, mais cela valait mieux que rien, tout de même. J'aurais voulu pouvoir vous garder plus longtemps : c'est seulement au bout d'un moment qu'on commence vraiment *à causer*, et j'aurais voulu que vous me parliez davantage de vous. Ne croyez pas que ce soit par curiosité ; vous savez, n'est-ce pas, que c'est par intérêt et par affection. Je vous aime beaucoup ; j'aime beaucoup votre âme.

Voyez-vous, on ne peut pas suivre longtemps notre religion d'amour sans en avoir le cœur dilaté de vraie tendresse. Toute la loi de Jésus-Christ se résume en l'amour, et, si elle était suivie par tous les chrétiens comme par ceux des premiers temps de l'Église, nous n'aurions plus besoin de prisons ni de tribunaux... Voilà un beau socialisme ! Leurs biens étaient en commun ; c'était à qui se ferait le serviteur des autres. Quel étonnement pour le monde païen égoïste et sensuel !

Comme ils savaient souffrir, nos ancêtres, les martyrs, et c'étaient des hommes, des femmes et des enfants comme nous, pourtant ! On peut en croire des témoins qui se font égorger, comme dit Pascal en parlant des apôtres. Je crois ce qu'ils ont cru ; la foi est notre soutien dans la vie et notre consolation à l'heure de la mort, notre espérance et notre joie !

On entend souvent parler de conversions au dernier moment, mais jamais je n'ai entendu dire qu'un chrétien de toute la vie ait renié ses croyances à sa mort. Du reste, *si je pouvais douter de la vérité de ma religion,* j'aimerais mieux dans le doute suivre tout de même une religion qui ne peut que vous améliorer. Si je savais comment faire, je voudrais tant vous persuader de la grande miséricorde de notre Dieu ; je voudrais que vous lui disiez souvent : « Mon Dieu, *je veux* vous aimer, acceptez ma bonne volonté et fortifiez-la. » Si vous saviez combien j'ai dit cela longtemps avant d'aimer Dieu vraiment. Aimer Dieu vraiment, ce n'est pas ressentir un amour sensible ; il y a des moments où on le ressent, mais ce n'est pas souvent ; et il ne faut pas croire qu'on n'aime pas Dieu parce qu'*on ne sent pas* qu'on l'aime. Dieu connaît bien ses pauvres créatures. Il ne leur demande pas plus qu'elles ne peuvent lui donner : « Dieu entend le moindre soupir sincère et il achève toute larme que l'on commence pour lui. » (LACORDAIRE.) Pour moi, Dieu n'est plus cet être inaccessible auquel on pense vaguement ; j'ai pris l'habitude de lui parler souvent, à n'importe quel moment, et je vous assure que je l'aime à force de lui avoir dit : « Je vous aime », et je tâche, en disant mes prières, de rassembler toute mon attention et de bien *penser* à ce que je dis. Dieu sait bien comme nous sommes légers, et il pardonne toujours à notre faiblesse.

Vous m'avez dit que vous vous découragiez ; chérie Mademoiselle, voulez-vous me promettre de dire le *Pater*, au moins le *Pater*, seulement le matin et le soir ? C'est si beau cette prière que Jésus lui-même nous a apprise ! Et elle contient tout ce qui est bon à demander !

La prière, c'est comme la respiration de l'âme. Quand le corps meurt, il perd la respiration ; tant qu'il respire, qu'il vit encore, il y a de l'espoir. C'est absolument la même chose pour l'âme. Votre chère âme va-t-elle donc moins bien que l'année dernière ? Vous rappelez-vous que vous m'aviez dit quelque chose qui m'avait tant fait plaisir en venant nous voir au Sacré-Cœur, il y a un an ?

Je vous en prie, tournez-vous donc vers le bon Jésus avec la simplicité et la confiance des petits enfants qu'il aime.

C'est ici la pierre d'achoppement. Dans le chapitre VIe de saint Jean, lorsque Jésus annonce pour la première fois l'institution de l'Eucharistie, il est dit que beaucoup de ceux qui le suivaient le quittèrent...

Et pourtant ne venaient-ils pas de voir le miracle des cinq pains et Jésus marchant sur la mer ? Ils ne pouvaient comprendre comment « le Verbe de Dieu, qui nourrit de sa substance incorruptible les anges incorruptibles, s'est fait chair et a habité parmi nous. Comme donc la créature spirituelle se nourrit du Verbe, qui est son aliment par excellence, et comme l'âme humaine, spirituelle aussi, mais, en punition du péché, chargée des liens de la mortalité, a été abaissée de telle sorte qu'il faut qu'elle s'efforce d'atteindre par les conjectures des choses visibles à l'intelligence des choses invisibles ; l'aliment spirituel de la créature a été fait *visible*, non par un changement de sa nature, mais *relativement* à la nôtre, afin qu'en cherchant ce qui est visible, nous fussions rappelés au Verbe invisible. » (Saint Augustin.)

Donc, beaucoup de ceux qui le suivaient le quittèrent, et Jésus, s'adressant à ses apôtres, leur dit : « Et vous, ne voulez-vous point aussi me quitter ? » Que de tristesse il dut y avoir dans le regard et dans la parole du Christ à ce moment-là ! Ne répondrons-nous pas avec Simon-Pierre : « A qui irions-nous, Seigneur ? Vous avez les paroles de la vie éternelle ? »

Pensez-vous donc que si Jésus-Christ n'était pas Dieu, son Évangile existerait encore après tant de siècles? Pensez-vous qu'un homme du peuple, un simple fils de charpentier, eût pu fonder une religion admirablement constituée, d'une morale pure, d'une philosophie vraiment divine, qui suppose une étude, une connaissance approfondie de l'âme humaine, s'il n'était pas Dieu? Ce fils de charpentier qui n'a vécu que trente-trois ans et qui a laissé à des hommes du peuple, à de pauvres pêcheurs sans aucune instruction la plus sublime des doctrines et l'ordre d'aller enseigner toutes les nations!...

Il est impossible d'expliquer humainement cette vie du Christ; nous n'avons qu'à humilier notre raison devant Dieu à la vue des choses qui surpassent notre raison, mais ne la contredisent pas. Il y a en religion bien des choses que nous croyons et que nous comprenons; il y en a que nous ne comprenons pas, mais que nous devons croire. L'enfant ne commence-t-il pas par croire tout ce qu'il n'arrive à comprendre que plus tard? Et nous-mêmes ne sommes-nous pas forcés de croire bien des choses que les sciences nous affirment sans pouvoir nous les expliquer? Qu'est-ce que l'électricité, en somme? Nous en connaissons les effets, nous constatons une force, nous ne pouvons la nier et nous ne pouvons la comprendre. La vie du temps est pleine de mystères qui ne s'expliqueront que dans l'autre vie, dans la vraie vie.

J'espère que voilà une épître de grande longueur. Je souhaite ne pas vous avoir trop ennuyée... Ces choses graves, ces pensées sérieuses m'intéressent énormément, mais je sais si mal écrire ce que je pense; n'y cherchez pas de style. Quand vous aurez des doutes, des objections, dites-les moi... Et puis donnez-moi aussi vos idées: vous avez confiance en moi.

La première communion est le jeudi de la Fête-Dieu ici, et nous avons Marie qui la fait cette année. Faites une petite prière pour elle, et je lui recommande d'en faire une pour vous; les petites se souviennent bien de vous, chère Mademoiselle.

Si vous saviez comme le jardin est ravissant en ce moment! Les lilas, les cytises! C'est une fête pour les yeux. Le petit Charles, qui aime tant les jolies choses, en est dans une joie! Il est gai comme un pinson, ce petit bonhomme.

Je vous envoie un petit « conte en miniature » de quelqu'un que vous connaissez et qui a paru dans le *Journal des Enfants de France* (2e prix au concours).

L'article qui suit sur François de La G... est bien joli, bien chrétiennement pensé. Maman a beaucoup connu la mère de cet enfant, cet « angélique enfant », comme l'appelle sa sœur dans une lettre qu'elle écrivait à maman l'été dernier. Cette sœur est admirable; elle ne s'est pas mariée, et, sans être religieuse, elle a consacré sa vie aux jeunes ouvrières de Paris ; elles vivent ensemble dans l'établissement fondé par elle du fruit de leur travail. On se croirait aux premiers siècles de l'Église. Au revoir, chère Mademoiselle ! Je vous embrasse. Je n'oublierai pas ce que je vous ai promis, une peinture, mais vous me permettez de prendre mon temps, j'en ai si peu pour toutes mes occupations !

Votre Gaby.

CONTE EN MINIATURE

L'aurore avait été radieuse. Le soleil s'était levé rayonnant dans la pure clarté de l'aube naissante. Toutes les fleurs, ces étoiles de la terre, lui avaient envoyé leur sourire en lui ouvrant tout grand leur petit cœur. Tous les oisillons l'avaient salué de leurs plus joyeux

Les anges avaient tout parsemé de gouttelettes de rosée.
Dessin à la plume par Gabrielle.

gazouillis... Les anges du bon Dieu, voltigeant au-dessus des herbes, avaient tout parsemé de gouttelettes de rosée, puis étaient disparus dans un rayon...

Et la journée s'écoula, brûlante ; pas un souffle d'air ; pas un nuage au ciel ; tout se desséchait ; les oiseaux s'étaient tus ; même les papillons se réfugiaient à l'ombre des feuillages ; il y avait un miroitement de chaleur sur toute la campagne et le soleil fulgurait là-haut, tout là-haut dans le bleu...

Et le soir vint enfin où les fleurs redressaient leurs tiges délicates : c'est que les anges aux longues écharpes flottantes allaient bientôt passer et répandre sur elles les larmes qu'avaient pleurées les pauvres depuis ce matin...

Et ils étaient prodigues, ces angelets, car jamais n'avait manqué cette rosée bénie...

Cependant, ce soir-là, pour la première fois une fleurette n'eut pas sa part... C'est que, dans le pays de France, beaucoup d'enfants heureux s'étaient penchés vers beaucoup de petits malheureux, en leur ouvrant leurs cœurs et leurs mains, et ces dons de pur amour, ces rayons de soleil, avaient séché bien des pleurs...

L'Enfant divin bénit les Enfants de France.
Dessin à la plume par Gabrielle.

Et tandis que, là-haut, les étoiles, ces fleurs du ciel, souriaient aux âmes innocentes des chérubins terrestres, la frêle pervenche s'inclinait sur sa tige épuisée... Un lys sauvage, qui croissait entre elle et une belle pivoine pourprée, vit sa détresse : « Pervenche ! petite pervenche, ma sœur, relève ta corolle pâle pour recevoir un peu du trésor que les séraphins blonds m'ont si généreusement donné, je t'en verserai une goutte qui te fera revivre... »

Et le lys, abaissant vers l'humble fleur son beau calice de neige, laissa couler un peu de sa rosée sur sa sœur la pervenche...

La fleurette, ravivée par cette larme de tendre pitié, donna à plein cœur son parfum qui, mêlé à celui du lys, monta dans la sérénité douce du soir jusque là-haut, tout là-haut, vers les étoiles d'or de la voûte céleste...

Les petits enfants, les petites fleurs avaient écouté parler en eux-mêmes cette vierge qui descend du ciel, cette vierge qui parle d'amour, de compassion, et dont le nom admirable est la Charité...

Son appel était entendu ; et de la terre alors monta, comme un suave encens, le mélange de la pitié des heureux et de la reconnaissance des malheureux...

Or, l'Enfant divin, qui avait tout vu, caressa de son regard bleu le lys argenté, et, avec un sourire qui mit les séraphins en extase, il bénit à la ronde tous ses chers petits frères, les Enfants de France (1) !...

---

(1) Il nous plaît de donner en note la notice exquise et brève à laquelle Gabrielle faisait allusion tout à l'heure. Elle est signée d'un nom qui nous est cher.

François de La Giremmerie, né le 28 janvier 1885, mort à Choisy-le-Roi le 13 janvier 1900.

Il avait quatorze ans, et la pure candeur d'un petit enfant, et la gravité presque inquiète d'un homme fait. Il unissait en lui les charmes de l'être que les frottements de la vie n'ont point terni, et la beauté virile de l'être que l'expérience de la vie a mûri.

Était-ce un pressentiment de la fin prochaine, qui souvent jetait comme une ombre sur le bleu d'azur de ses yeux ? Et n'était-ce pas plutôt la crainte instinctive qu'un jour ou l'autre le heurt brutal des hommes et des choses offusquât l'harmonieuse innocence de son cœur ?

Il aimait la vie parce qu'elle lui permettait de faire du bien, parce qu'il avait un rôle à y jouer, parce que, dès maintenant, il voyait ce rôle, parce qu'étant du nombre de ces « petits » à qui Dieu donne l'intelligence de ses volontés incomprises, il avait pénétré, tout près de lui, certains mystères de dévouement, et parce qu'il travaillait à les faire connaître et respecter.

Et, tout ensemble, il semblait avoir peur de la vie, peur des éclaboussures, même non consenties, qu'elle inflige aux meilleurs de ses pèlerins, peur de cette empreinte que laisse l'inévitable spectacle du mal.

Aussi préférait-il à la gaieté tumultueuse des camarades de son âge le doux et discret frémissement qui réchauffe le contact des âmes. Laissant les préaux poudreux et la turbulence des jeux, il aimait à s'isoler, non loin de Choisy-le-Roi, dans une oasis de verdure, près d'un foyer de fortifiante charité ; et là, tenant bien en main les délicates énergies de son âme, François de La Giremmerie se plaisait, comme en un sanctuaire, à regarder, à écouter, à s'épanouir.

C'est à l'Atelier Sainte-Agnès, hardi promontoire lancé par un cœur aimant sur l'océan des misères humaines, qu'il avait appris à connaître la Ligue fraternelle des Enfants de France. Dans sa pensée, les deux œuvres devinrent sœurs ; et comme il voulait être le chevalier de la première, il voulait être l'apôtre de la seconde. On retrouvait récemment, dans l'un de ses buvards, une liste de noms d'enfants de Choisy-le-Roi et de Thiais : c'étaient ceux qu'il comp-

1900

Dimanche, 8 avril. — Les enfants qui meurent sont bien heureux, et j'entends dire : Pauvre petit, quel malheur de mourir si jeune ! Moi, je ne peux pas m'empêcher de penser : Heureux, heureux enfant ! Quel bonheur de mourir si pur ! Le petit Pierre C. est mort la semaine dernière. Pour les parents, c'est un déchirement affreux, et pourtant, pourtant, on désire le bonheur pour ses enfants !... On est sûr qu'ils l'ont, plus grand que jamais ; on ne pouvait le leur procurer ; on est sûr qu'ils ne le perdront jamais... Ah ! certes, on peut pleurer, c'est naturel ; mais quelle joie immense, le jour où, là-haut, on retrouvera la chère petite âme sauvée ! Et comme on comprendra la bonté de Dieu de lui avoir épargné toutes les douleurs, tous les égarements de cette vie ! Comme on le remerciera de l'avoir tirée du mal !

Mardi, 10 avril. — Ceux qui s'aiment sont séparés, mais nous savons bien que ce n'est que pour un temps. Un jour, toutes les larmes seront oubliées et le revoir sera plus doux encore à cause de la séparation. Si nous n'étions pas tous fous, nous ne penserions qu'à une chose : arriver, coûte que coûte, à la vie éternelle, et, alors, la vie présente ne semblerait pas si triste à supporter. « Quand on va au bonheur, qu'importe le chemin? » comme dit le P. Lacordaire...

Que le Seigneur soit miséricordieux pour ses pauvres créatures, dont la plupart ne savent ce qu'elles font ni où elles vont ! Ce ne

fait amener parmi nous. Il caressait le rêve d'en recruter un assez grand nombre pour que la Ligue, à Choisy, pût avoir son comité. Sans fracas, François de La Girennerie poursuivait une besogne utile : il apportait, dans ses initiatives naissantes, une discrétion qui parfois en dissimulait la nouveauté, et proposait ses idées avec un demi-scrupule qui volontiers en masquait la spontanéité vivante. Et par la vertu d'un attrait qui était fait de sérieux et de bonté, il intéressait, il attachait, il éveillait, chez ceux qui savaient lire en lui, l'impression du respect.

Voici qu'il est allé rejoindre son frère aîné, mort au Soudan pour la France. La patrie avait demandé à M. le général de La Girennerie un premier sacrifice : et Dieu, qui ne met à l'épreuve que les courages dont il est sûr, vient de lui en imposer un second. Tous les Ligueurs, affectueusement attristés, partageront avec M. le général et Mme la comtesse de La Girennerie la consolante confiance que les familles qui se déciment ici-bas se reconstituent là-haut.

Georges Goyau.

sont pas les morts qui m'attristent le plus ; du moins pas les morts des êtres purs qui n'ont pas fait le mal ; c'est le mal lui-même, cause de la douleur et de la mort qui m'afflige. Ceux qui sont morts sont plus heureux que nous, ils ne sont plus dans l'incertitude.

Vendredi, 8 juin. — Dans la jeunesse on ne peut s'ouvrir entièrement qu'avec les jeunes. Mutuellement on sympathise, parce qu'on ressent vivement des choses qui nous font très mal et dont les plus âgés souriraient peut-être parce qu'ils en ont oublié l'amertume autrefois ressentie. Plus tard, on ne se souvient plus de ces inquiétudes, de ces souffrances, de ces angoisses de certains jours, et l'on pense que la jeunesse est le plus beau temps de la vie.

On a tant besoin de sympathie, mais si peur de n'être pas compris : c'est une vive souffrance.

Notre âge n'est pas inconscient, quoi qu'il puisse paraître à ceux qui ne voient que le dehors ; mais on est fier, on aime la sympathie, mais non pas la pitié, et on cache tout dans son cœur.

A UNE JEUNE INSTITUTRICE

Samedi, 9 juin 1900.

Chère Mademoiselle,

Vous êtes gentille de me parler à cœur ouvert, de me parler de vous, de m'expliquer votre vie, cela ne peut que me donner plus d'affection pour vous, car je sens que l'affection que je vous donne si facilement, si naturellement, vous fait du bien, du moins il me semble.

En affection je suis timide, j'ai toujours peur qu'on ne repousse mon amitié ou au moins qu'on n'en ait pas besoin. J'espère que vous ne m'accuserez pas de fatuité, mais je n'ai jamais craint d'être *à nuisance* pour vous.

Il n'y a pas longtemps que j'ai découvert qu'on pouvait, comme vous le dites, avoir la foi et ne pas pratiquer. Je vous avouerai que ceci m'a beaucoup étonnée et que j'ai quelque peine à bien comprendre cet état qui doit être horriblement pénible.

Autrefois, je ne voyais là que l'œuvre du respect humain. Pour vous je n'y crois pas. — Il est certain que le milieu dans lequel on vit fait beaucoup, mais Dieu le sait bien, et Lui, qui est la justice parfaite, donnera à chacun selon son plus ou moins de mérite. Ainsi vous voyez que moi je n'aurai pas grand'chose, puisqu'il m'a mise dans un milieu où je devrais être tellement meilleure que je ne le suis ! Je vous assure que cette pensée me fait peur par moments : comment mes principes, mes croyances, mes espérances éternelles sont les mêmes que ceux des saints, leur but et mon but sont le même, et qu'est-ce que je fais, moi ? Si vous saviez comme je suis faible et lâche !...

Je n'avais pas autrefois la foi que j'ai maintenant, je n'avais pas de vraie piété, mais je n'ai jamais cessé de prier et de réfléchir, et les événements heureux ou malheureux ont tous eu, grâce à Dieu, pour effet de me tourner vers Lui comme vers l'auteur du bonheur vrai et la consolation unique dans les chagrins. Et puis, c'est Dieu, la source du véritable amour. C'est Lui qui rapproche les âmes. Avoir Dieu entre soi ce n'est pas être séparés ; au contraire, c'est être unis par le lien le plus fort et le plus doux qui existe.

Je vous assure que je ne pourrais être heureuse, si je me mariais avec un homme qui n'aurait pas de sentiments religieux ; cela, je ne le ferai pas. Si Dieu m'accorde un mari selon Lui, oh ! alors, quand même je n'aurais que peu d'années de bonheur, je sais qu'il serait si intense que je le choisirais de préférence, car si sa durée temporelle était courte, sa durée éternelle serait assurée. Je ne sais encore ce qui adviendra de moi, et après tout peu importe, pourvu que j'arrive un jour, bientôt ou dans longtemps, au *bonheur* que nous rêvons tant sur la terre et qui nous fuit toujours !

Lundi, 18 juin.

Tant de jours que cette lettre attend d'être terminée ! Mais nous avons été très occupées par la première communion de Marie, la retraite préparatoire et puis l'arrangement du reposoir pour la procession d'hier.

C'est un célèbre prédicateur de Paris, M. l'abbé N..., qui est venu prêcher la retraite aux enfants. Les trois soirs, lundi, mardi et mercredi derniers, il a enthousiasmé la paroisse dans des conférences vraiment admirables. L'Église était pleine, beaucoup d'hommes, et même des environs on était venu. Bien des protestants aussi dans l'auditoire, et je vous assure que nous, il nous était bien doux d'être catholiques, on se sentait des frémissements d'enthousiasme et de fierté. Un peu plus je crois qu'on aurait applaudi. C'est un prêtre très populaire, il a la passion du peuple, il sait très bien lui parler et il en est très aimé ; lui aussi, comme Jésus-Christ, il a « pitié de cette foule parce qu'elle a faim ».

C'est bien dans la religion du Christ qu'est le seul socialisme possible, le socialisme parfait, autant qu'il peut l'être sur la terre, tel qu'il a été aux premiers siècles de l'Église, alors que tous les biens étaient en commun, comme il est dit aux *Actes des Apôtres,* chap. IV. N'était-ce pas la solution de la question sociale, lorsque « toute la multitude de ceux qui croyaient n'avaient qu'un cœur et qu'une âme », si bien qu'il n'y avait plus aucun pauvre parmi eux ?

Voilà le vrai esprit chrétien, tel qu'il *existe* encore, mais seulement chez les véritables chrétiens, ceux qui servent Dieu en esprit et en vérité. Que ne sont-ils, hélas ! le plus grand nombre ! Mais ce serait le ciel sur la terre qu'une terre semblable, chacun faisant ce qu'il doit.

Notre bonne petite Marie était bien préparée pour le grand acte ; depuis quelque temps elle a beaucoup progressé ; il y a eu un changement très sensible dans son caractère qui n'était pas toujours facile. C'est une grande fille pour son âge, elle a dépassé un peu Geneviève, malgré les trois ans de différence. Et Charles, le cher petiot, est toujours bien à nous, gai et innocent comme un cher petit oiseau du bon Dieu...

Je tâcherai de ne pas vous faire attendre trop ce que je vous ai promis : c'est en train, mais j'ai tant d'occupations diverses !

Connaissez-vous la *Bonne Souffrance* de F. Coppée? Je vous la prêterai, si vous voulez.

Adieu, chère Mademoiselle, ne pensez pas que jamais je vous oublie, je vous embrasse de tout mon cœur de

GABY.

Lundi, 2 juillet. — Les blés dorés, qui ondulent sous le vent et dont on fera le pain qui soutiendra la vie de notre corps, ont poussé sur la terre où dorment nos aïeux... Ils sont retournés en poussière et leur substance féconde les plantes qui, après plus ou moins de transformations, se changent en notre substance.

Ainsi ceux qui nous ont transmis la vie servent indirectement à nous la conserver, comme, à notre tour aussi, nous servirons de même aux générations futures. Mystère admirable !

Et qui sait si de moi, rendue à la terre, confondue à la poussière des champs, ne sortira pas une des gerbes qui, un jour, sous la forme du pain, servira aux saints mystères ?

Les plaines des champs de batailles ont été fécondées par les corps des victimes de la guerre, et de la mort des uns sortira l'aliment de la vie des autres.

A UNE JEUNE INSTITUTRICE

Vendredi, 31 août 1900.

Ma chère Mademoiselle,

Il y avait longtemps en effet que je n'avais rien reçu de vous, mais j'ai grande confiance en votre affection et, quelle fatuité! jamais l'idée ne m'est venue que vous m'oubliiez ou que vous ne m'aimiez plus. Il y a longtemps déjà que vous devriez avoir la petite peinture que j'ai faite pour vous avant de partir pour Paris au commencement

Première peinture à l'huile de Gabrielle (1876)

de juillet : j'avais commandé l'encadrement, mais il se trouve que, M. l'encadreur ayant fait le paresseux, ma petite toile attend toujours mon retour à B... ; mais vous l'aurez, j'espère que vous finirez par l'avoir... et que cela vous fera plaisir. Ce sera toujours un témoignage de mon affection pour vous, car la peinture par elle-même, vous savez, ne doit avoir aucune valeur. Je fais ce que je peux puisque je n'ai jamais pris de leçons de peinture à l'huile.

Je suis restée près de six semaines à Thiais, près de Choisy-le-Roy, six délicieuses semaines au lieu de trois seulement.

Je suis peu allée à l'Exposition, quatre ou cinq fois ; je préférais bien rester à Thiais où j'étais entourée d'affection par cette charmante Mlle de La G... et les jeunes filles auxquelles elle a consacré sa vie. C'est une vie admirable et si simplement admirable sans rien d'austère. J'y ai été bien heureuse. J'en suis presque à me demander si ce ne serait pas là ma voie... Enfin je n'en sais rien. Dieu me guidera vers la voie qui doit me mener à l'éternité. Que sera-t-elle? Qu'importe ! C'est le but qui est tout. Cette vie est peu de chose, le tout est de ne *pas la perdre* pourtant. C'est une grande souffrance de désirer toujours beaucoup plus qu'on ne peut faire, de voir que la moisson de Dieu serait si abondante et que les ouvriers sont si peu nombreux. Il y a tant de bien à faire de par le monde et si peu qui s'en soucient ! Savez-vous de quoi je souffre le plus ? C'est de l'isolement en tout. Je suis isolée dans le monde parce que je trouve que le monde est fou et que presque toutes ses façons de voir me choquent ; je suis isolée dans la tristesse que me donne la vue du monde ; j'ai pitié de beaucoup de gens qui en seraient bien étonnés et qui, eux, souriraient de pitié pour ma folie. Que voulez-vous, je ne comprends pas le bonheur à la façon de la plupart des gens et même de beaucoup de chrétiens !

Je ne crois pas qu'il y ait de bonheur en dehors du don de soi ; il n'y en a pas de si grand que de vivre dans la pratique de la charité divine ; il n'y en a pas de plus pur que celui qu'on goûte à aimer et à élever les âmes.

Le difficile est de ne pas se décourager ; car la mission est souvent ingrate, et le peu qu'on fait *semble* perdu souvent, mais je ne crois pas que rien soit jamais perdu, quoique souvent nous ne puissions constater le résultat de nos actions. Et puis n'avons-nous pas Dieu qui tient compte de chacun de nos efforts ? Il faut tâcher d'accueillir Jésus dans notre vie, Lui qui a voulu, en se faisant homme, devenir notre guide et notre ami, Lui qui était si bon avec les simples et les petits enfants, Lui enfin qui nous *aime* avec tendresse. Prions mutuellement les uns pour les autres, c'est le lien qui nous rapproche quand la distance nous sépare ; croyez que je ne manque pas de le faire souvent pour vous et je vous demande la réciprocité.

Adieu, ma chère Mademoiselle, je vous remercie de la fleur ; mais j'ai eu beau chercher, je ne l'ai pas vue, elle a dû glisser de l'enveloppe sans doute.

Je suis contente pour vous que vous alliez à Paris ; une fois que vous y serez, vous y prendrez intérêt.

Votre fidèle Gaby.

A LA MÊME

11 novembre 1900.

Chère Mademoiselle,

Vous avez une charmante manière de remercier quand on a eu le plaisir de vous faire plaisir. Votre longue et affectueuse lettre me montrait déjà assez que je vous avais contentée, mais vous avez voulu me le prouver mieux encore; c'est gentil comme tout à vous et je vous embrasse de tout mon cœur pour vous remercier à mon tour de ces délicieuses fleurs qui embaument tout le salon! J'espère que « mes petiots » sont flattés d'être en si bonne compagnie, et un peu confus aussi. Enfin! ici-bas on fait la figure qu'on peut, et le principal, c'est de ne pas avoir de prétentions. Je suis trop contente que vous ayez ce souvenir de moi, puisque c'est pour vous la preuve palpable de mon affection.

J'ai, moi, plus de trente lettres de vous que je relis de temps en temps; elles sont rangées par années et numérotées, et, chaque fois que j'en ai relu quelques-unes, cela me donne envie de vous écrire. Alors je le fais, à moins que je n'aie quelque occupation indispensable à ce moment-là.

Avec la rentrée, rentrée des classes, rentrée des Chambres, nous avons aussi la rentrée des œuvres. Elles reprennent avec entrain. Tous les jeudis, de midi et demie à 3 heures, vous pouvez vous représenter le Patronage qui se tient maintenant ici. Nous sommes quelquefois jusqu'à vingt-cinq, on tricote, on lit, on joue, on fait un peu de catéchisme, on se connaît bien et on s'amuse bien. Vous n'avez pas idée combien je mets là de mon cœur et combien toutes ces petites m'intéressent. Cela me fait un plaisir, quand je rencontre une de nos petites protégées, le bonjour et le gentil sourire qu'elles ont pour nous! C'est si bon de ne pas avoir une vie inutile... mais ce n'est encore pas assez et je souhaite le temps où je pourrai faire plus, et j'ai la confiance qu'il viendra: j'ai tant de projets! mais ils sont encore dans ma tête pour le moment.

Au revoir, chérie Mademoiselle! Je vous embrasse de tout mon cœur. Maman me dit de la rappeler à votre bon souvenir. Vous lui avez toujours été très sympathique, cela ne m'étonne pas du reste.

Et moi je vous aime.

GABY.

Dimanche, 23 décembre. — Dieu m'a ouvert les yeux sur le véritable sens de la vie... Mon âme est montée et ne veut plus descendre, parce qu'elle a vu ce que la parole humaine n'exprime que vaguement.

Je ne dois pas retarder indéfiniment le commencement de la vie, telle que je la comprends, telle que je la vois. J'ai assez attendu. Il faut agir, parce que la vie est courte. Je veux avoir fait quelque chose avant de mourir.

Je ne veux pas me marier. Aucune raison, aucun désir ne me portent au mariage, quoique ce ne soit aucun dépit, aucun chagrin qui m'en éloignent. Je n'ai eu aucune blessure qui me fasse prendre ce parti. Si cela était, je serais absurde, je ferais une action qui serait mal et d'une grande imprudence. Dieu merci, j'ai des motifs, plus hauts, plus grands, plus intimes. Et j'ai en moi une grande force, car j'ai foi en ma vocation. J'ai une foi inébranlable que le moment viendra bientôt, et je ne veux pas renoncer à mon espérance. Je sais ce que je fais et je sais où je vais.

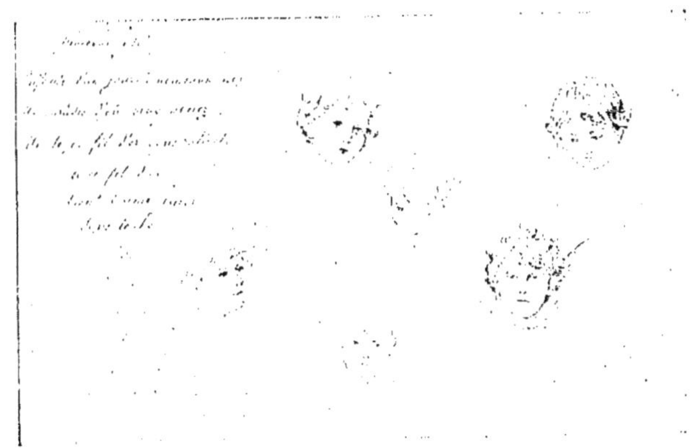

Aquarelle par Gabrielle.

Noël. — Joie, joie, plein le cœur, ô Christ Jésus ! « Elle a choisi la meilleure part qui ne lui sera point ôtée. » *Sursum corda!... Gloria in excelsis Deo, et in terra pax hominibus!* J'ai le cœur inondé de joie !

A UNE JEUNE INSTITUTRICE

Dimanche, 30 décembre 1900.

Chère Mademoiselle,

Voici trois angelets que je charge de vous souhaiter de leur mieux la bonne année de ma part (1). Si j'avais comme eux de petites ailes, voilà qui serait commode pour aller, comme je le voudrais, à ceux que j'aime de par le monde ! Moi, je n'ai pas d'ailes, hélas ! mais je crois que mon cœur en a, lui. Dans tous les cas, que mon cher ange gardien porte au vôtre mes meilleures tendresses pour vous et que Dieu vous donne une bonne année !

Joies et tristesses, tout nous vient de ce grand Dieu, remercions-le des unes avec reconnaissance et acceptons les autres avec encore plus de reconnaissance, car tout ce qu'il nous envoie est pour notre bien ; vous ne pouvez croire combien j'en suis persuadée ! Et puis, Jésus a tant souffert pour nous, que nous pouvons bien souffrir aussi un peu quelquefois. Le priez-vous souvent ? Priez-le pour moi. Mon grand désir est de faire sa volonté, car je l'aime de plus en plus et en Lui je trouve un bonheur et une sécurité qui ont transformé ma vie. Il n'y a plus de vide dans ma vie ! J'ai la joie intérieure, je l'ai trouvée, j'ai fini par la trouver.

Parlez-moi de vous, chère Mademoiselle, vous voyez bien que je ne vous oublie pas, que je suis une amie fidèle. C'est Dieu qui permet ainsi que nos âmes se rapprochent, c'est Lui qui les a créées sympathiques l'une à l'autre, un peu sœurs, si vous voulez bien me permettre de le dire.

Chère Mademoiselle, recevez mes plus affectueux baisers avec une bonne provision de souhaits pour le siècle nouveau.

Je vous transmets les vœux de bonne maman et de maman.

Votre petite amie.

GABY.

(1) En tête de cette lettre il y a trois têtes d'anges avec ces mots : *Gloria in excelsis Deo !*

1901

Voici un cahier, écrit entièrement au crayon, et qui ne contient que des méditations et des prières.

Ce sont comme les dernières aspirations d'un cœur qui se hâte de tout quitter pour aller à Jésus, « l'incomparable bien-aimé ». Plus un retour du côté de la terre. C'est le détachement complet.

Dieu et les pauvres remplissent la vie de Gabrielle. Les petits enfants occupent son cœur et prennent son temps. Elle leur fait le catéchisme. Elle dirige un patronage. Elle travaille sans cesse à des vêtements pour ses chers protégés. Elle va les voir, lorsqu'ils sont malades.

Tous les jeudis, elle et les jeunes filles qui l'aident dans son œuvre charitable réunissent les petites filles et leur apprennent à coudre, en leur donnant l'instruction religieuse, pendant que ses jeunes sœurs s'occupent des tout petits, filles et garçons, leur apprennent leurs prières et les éléments du catéchisme, dirigent leurs jeux.

Au début de ces méditations, Gabrielle tâche à observer certaines règles conseillées par les maîtres de la vie spirituelle ; puis, échappant peu à peu à ces entraves, très utiles sinon nécessaires aux âmes qui veulent s'accoutumer à réfléchir aux choses divines, elle laisse son cœur s'en aller à Dieu librement. De plus en plus, — on le verra dans ces notes jaillies toutes chaudes d'une âme ardente et jetées rapidement sur le papier,— c'est un *crescendo* vers le ciel.

---

15 mars. — Méditation. Acte de l'intelligence. Acte du cœur. Acte de la volonté.

L'intelligence présente le sujet à méditer :

« Que sert de gagner le monde, si je viens à perdre mon âme ? » Mon intelligence se pénètre de cette vérité; j'en suis imprégnée. Mon cœur se tourne vers Dieu avec reconnaissance, à la pensée que Dieu a permis à cette vérité d'éclairer ma raison. Tant d'autres n'ont pas vu ce que je vois ! Oh ! merci, mon Dieu ! Mais si vous n'avez pas montré à d'autres ce que j'ai vu, que vous dois-je donc, ô Jésus ? Et que ferai-je, moi éclairée, moi réchauffée ? J'appliquerai ma volonté à agir aujourd'hui d'après ce que mon intelligence et mon cœur m'ont révélé. Noblesse oblige.

Méditation d'un quart d'heure et examen particulier sont les deux actes importants qui doivent se trouver chaque jour dans la journée d'une chrétienne.

Dimanche, 17 mars. — « La mort est certaine. La mort est prochaine. La mort est heureuse. »

C'est échanger la vie mortelle pour la vie éternelle. Pourquoi un tel échange nous fait-il pleurer? Nous pouvons pleurer de ne plus voir la personne que nous perdons pour un temps; mais si sa vie a été telle que nous soyons à peu près certains de son salut, qu'au fond de nos pleurs il y ait de la joie, et entendons-la nous dire : Félicitez-moi, puisque vous m'aimez. J'ai échangé l'espérance pour la réalité, pour la possession. J'ai échangé la douleur pour la joie, la souffrance pour le bonheur, les inquiétudes pour la tranquillité et le calme parfaits. Je suis avec Dieu. Consolez-vous, car bientôt, bientôt, vous y viendrez aussi. Vivez selon cette espérance. Que toutes vos actions soient faites en vue de ce but, le seul, l'unique, qui vaille la peine de se donner de la peine! Il faut pleurer seulement sur ceux qui ne sont pas dignes de mourir, sur ceux qui ne sont pas prêts, et pleurer amèrement et prier ardemment. Les pleurs et la prière peuvent racheter beaucoup et obtenir miséricorde.

Heureux ceux qui meurent dans la paix du Christ!

Samedi, 23 mars. — A chaque jour suffit sa peine. Pourquoi nous inquiéter, nous, enfants de Dieu? Quand Jésus me voudra, Il me prendra. « Sanctifier l'attente, c'est se sanctifier beaucoup. » Et Jésus sait combien je désire le moment de travailler, le moment d'agir. S'il veut éprouver ma patience, ma constance, je dois dire *Amen* et attendre, et, en attendant, faire tout ce que je peux en vue de sa gloire... Le glorifier par ma vie, par ma conduite. Tâcher qu'il soit glorifié. Rayonner pour le communiquer. Ne pas mettre le chandelier sous le boisseau, et pourtant ne pas faire mes bonnes œuvres pour être *vue des hommes,* comme le pharisien, mais pour faire éclater la gloire du Christ en moi ; car c'est Lui qui m'a transformée. Qu'étais-je et que serais-je sans ses grâces? Je n'ai rien dont je puisse me glorifier moi-même, car tout m'est venu du Maître. Il faut que pour Jésus aimable je me rende aimable aux autres. Tout pour Jésus!

Dimanche 24. — « Et le Seigneur se retournant regarda Pierre. » (Évangile de la Passion selon saint Luc.)

« Jésus lui dit : « Marie ! » Elle, se retournant, lui dit : « Rabboni ! c'est-à-dire, mon Maître ! » (Évangile selon saint Jean, jeudi de Pâques.)

Une parole, moins que cela, un regard suffit à Jésus pour se faire reconnaître ou pour changer un cœur. Quelle éloquence dans ce regard adressé à Pierre ! Quelle éloquence dans ce seul mot : Marie ! Ce regard fit comprendre à Pierre l'énormité de sa trahison : il sortit pour pleurer amèrement. Sa pénitence dura autant que sa vie. Un regard, — mais quel regard ce dut être ! — suffit pour tout lui rappeler ; lui rappeler qu'il avait été choisi pour une sublime mission, qu'il avait été poussé par son zèle à affirmer sa fidélité, et que déjà il oubliait sa mission... Il oubliait ses serments de fidélité... Il se montrait lâche ! Un regard de Jésus produit le repentir immédiat qui sauve et qui rachète les plus grandes ingratitudes.

Et Marie qui cherchait Jésus, l'âme toute troublée et bouleversée, mais néanmoins croyant toujours en Lui, quelle joie de s'entendre nommer par cette voix adorée qui lui avait autrefois pardonné tous ses égarements avec tant de bonté ! Elle reconnaît immédiatement à l'accent divin que le Seigneur met à prononcer son nom, elle reconnaît l'Ami plein de bonté qui l'a sauvée, qui l'a sanctifiée !...

Lundi 25. — Est-ce que le Maître adoré a laissé tomber de ses lèvres divines le *Misereor super turbam* uniquement parce que la foule qui était là sous son regard n'avait pas encore reçu le bienfait de la foi ? Non. Jésus a eu pitié de la foule parce que la foule avait faim. En notre siècle la foule a faim aussi...

Comment celui qui peine et qui travaille pour gagner la vie de sa famille ne se laissera-t-il pas absorber par son dur labeur ? Il est à craindre qu'il ne pense pas à son âme, celui pour qui la vie matérielle est une inquiétante préoccupation de tous les instants.

Et pourtant ! qui donc plus que lui aurait besoin de sentir son fardeau allégé ? Qui donc plus que lui aurait besoin d'être soutenu par les espérances éternelles ? Qui donc aurait besoin des consolations divines, données à ceux qui travaillent ? Qui donc autant que ceux-là ?

Charité, tu donnes pour les besoins du corps afin d'arriver jusqu'à l'âme. Tu voudrais que l'inquiétude de la vie matérielle fût moins poignante pour permettre à l'âme de reprendre ses droits, d'avoir elle aussi sa part. Tu donnes le pain matériel pour que, ne craignant pas de manquer de celui-là, le pauvre puisse songer à son être moral et spirituel...

26 mars. — « La prière est une élévation de notre âme à Dieu pour lui rendre nos hommages et lui demander ses grâces. »

La prière est réellement une élévation. Nous prenons notre âme et, pour la tourner vers Dieu, nous l'élevons au-dessus de nos préoccupations journalières, de nos petits ou grands ennuis.

Nous devons à Dieu nos hommages, nos actions de grâces et notre soumission à sa volonté.

L'homme n'est vraiment grand qu'à genoux.

Tout bien nous vient de Lui. Tout mal vient de nous-mêmes ou du démon. Dieu n'envoie jamais le mal, mais l'épreuve qui n'est pas le mal. La douleur n'est pas le mal, mais la conséquence du mal, du péché. C'est pourquoi la douleur supportée, acceptée, comme une réparation, est une douleur qui sauve et qui rachète. Heureux ceux qui ne font pas que subir la douleur, mais la reçoivent sinon avec joie, du moins avec soumission ! Jésus nous a appris à dire : « Délivrez-nous du mal », sans préciser davantage, et non pas : Délivrez-nous de la douleur. Il sait bien que la douleur est nécessaire, puisque c'est la part qu'il a choisie, Lui, qui avait pris sur lui tous les péchés du monde, Lui, l'Innocent, le Pur, le Saint, qui s'était fait l'Homme de la douleur, pour expier les crimes des hommes.

A UNE JEUNE INSTITUTRICE

Paris, 27 mars 1901.

Ma chère Mademoiselle,

Cela vous étonne de recevoir une lettre de moi, Gaby, datée de Paris. Eh bien ! voici deux mois que j'ai quitté M... Quelle vagabonde, n'est-ce pas ? et je n'y rentrerai guère avant samedi prochain.

J'ai d'abord passé une dizaine de jours chez ma charmante amie, Mlle de La G..., où j'étais restée six semaines l'été dernier et où je suis toujours reçue à bras ouverts par toutes mes amies de l'atelier Sainte-Agnès. Puis, de là, je suis allée chez une tante à Paris, puis trois semaines au Mans, et me revoici à Paris depuis quinze jours.

Bientôt je m'en vais reprendre ma vie de M..., en attendant le moment plus ou moins lointain où je pourrai définitivement employer ma vie et mes forces, et tout ce que Dieu m'a donné. Je ne sais pas quand ce sera, mais peu importe, ce sera dès que Jésus le permettra, cela doit me suffire, et je vous assure que cela me suffit. Et vous, chère Mademoiselle, où en êtes-vous ? Puis-je vous le demander ? Vous savez bien que c'est par affection et à cause de l'intérêt que je vous porte si je vous le demande. Si vous m'aimez comme je vous aime, vous me parlerez de votre âme, parce que votre âme, c'est vous. Et cependant ne croyez pas que je veuille être indiscrète. Je vous veux du bien, voilà tout ; et ce que j'ai reçu, je désire le communiquer, parce que c'est bon. Si vous saviez combien j'aime Jésus, vous comprendriez mon désir qu'il soit aimé, vous comprendriez qu'on puisse *consacrer* sa vie à le faire connaître, à le donner aux âmes en se donnant soi-même, car il n'y a pas d'autre moyen. Vous comprendrez qu'on ne veuille rien posséder pour approcher plus facilement de ceux qui n'ont rien et qu'on veuille travailler pour être avec ceux qui travaillent. Jésus aussi était pauvre et ouvrier ; par conséquent, aller à sa suite c'est prendre la meilleure part. Et vous ne savez pas peut-être ce que c'est, dans ce genre de vie, que de rencontrer une âme comme la vôtre, capable d'être réellement *une âme*, un être divin créé pour le ciel.

Ces rencontres-là sont les joies de l'apostolat, et elles sont d'autant plus grandes que malheureusement il y a trop de terres ingrates.

Vous m'avez déjà donné la joie de vous avoir fait un peu de bien, du moins je le crois; aussi vous dirai-je qu'une âme comme la vôtre n'a vraiment aucune raison de s'éloigner de Dieu. Qu'est-ce qui doit mieux rapprocher de Dieu que la pureté de la vie, que la sincérité, la droiture de la conscience ? Lacordaire dit que « c'est la vertu qui fait peur de la foi ». Concluez donc vous-même. Vous n'avez qu'à aller à Jésus tout droit et tout simplement, vous rappelant sa miséricorde et sa bonté, vous rappelant ses préférences pour les petits, les souffrants. Croyez-moi, si je vous parle de Lui comme cela, c'est que je parle par expérience : je sais que peu à peu on trouve dans son amour une sérénité qui est un commencement du ciel. Et quand même on ne *sentirait* jamais qu'on a la foi, quand même on ne sentirait jamais qu'on aime, il ne faut pas se décourager, on a au contraire d'autant plus de mérite qu'on éprouve plus de difficulté. Priez surtout, et priez comme vous pourrez, sans vous inquiéter. Dieu nous connaît si bien, il sait si bien que nous sommes imparfaits, aussi il bénit la plus petite bonne volonté et il aide dès qu'il voit le moindre effort vers Lui. Je vous avais déjà demandé de dire fidèlement le matin et le soir un « Notre Père », je vous le redemande, même quand vous n'aurez pas envie de le dire. « Celui qui persévérera dans la prière jusqu'à la fin, celui-là sera sauvé. » Car il est impossible que Dieu n'aide pas une âme de bonne volonté, et le premier bien qu'il lui ait promis, c'est la paix. Advienne que pourra ! Dès qu'on a fait ce qu'on doit, on a la paix. Et surtout, pensez qu'avec une conduite pure, rien ne peut empêcher d'avoir une vie chrétienne. Si vous me dites qu'il y a des chrétiens dont la conduite est mauvaise, je vous dirai : C'est vrai, mais c'est qu'ils ne sont pas réellement chrétiens, ce sont des hypocrites que l'Église condamne ; ou bien ce sont des inconséquents ou des inconscients. Vous êtes-vous jamais imaginé ce que c'est qu'un *vrai* catholique (ils sont très rares) ; moi j'en ai vu deux ou trois, et c'est très beau et très simple. C'est l'homme d'honneur, l'homme de parole, l'homme de devoir. C'est la loyauté, c'est le désintéressement ; c'est « le cœur de Dieu, s'épanouissant dans le cœur de l'homme pour y produire la sainteté ». Et comme « un saint triste est un triste saint », d'après saint François de Sales, chantons joyeusement notre *Alleluia* de Pâques !

Je vous aime de tout mon cœur, ma chère Mademoiselle, pardonnez-moi tout ceci. Recevez mes meilleurs baisers et soyez assez gentille pour continuer à aimer un peu

Votre Gaby.

Mercredi, 3 avril. — L'intelligence et la volonté doivent toujours dans une âme chrétienne dominer sur les deux autres grandes facultés : l'imagination et la sensibilité. C'est parce que l'imagination et la sensibilité sont développées au détriment de l'intelligence et de la volonté qu'il y a tant de maladies morales, maladies noires, maladies de nerfs, qui ont leurs effets physiques. On se laisse aller, et on se laisse tant aller qu'on finit par perdre le bon sens moral. On ne voit plus les choses ce qu'elles sont. On en perd la saine notion. Les bagatelles deviennent choses sérieuses... Et les magasins de modes osent mettre sur leurs enseignes : « Au Bonheur des Dames. — Au Paradis des Dames. » Quel Paradis ! Peut-on mettre aussi bas son idéal ? Et combien y a-t-il de femmes qui ne peuvent renier une telle enseigne ?

Et combien y en a-t-il qui soient choquées qu'on ose ainsi les abaisser ? « Là où est votre trésor, là aussi est votre cœur. » *Sursum corda !* La paix du cœur est une paix sereine.

Samedi, 13 avril. — *Amo Christum.* Voici la raison d'être de ma vie. Je puis vivre et je puis mourir, parce que j'aime le Christ. Ma vie sera remplie de Lui. Les existences d'où il est absent sont vides. Il me donnera la force de vivre vierge pour lui, Lui, invisible et présent, Lui, adoré et adorable, Lui, espérance et joie de ceux qui l'aiment.

Je vivrai vierge, pour être heureuse, quand il m'appellera, à l'heure de ma mort, pour le suivre avec les vierges, son cortège d'honneur.

A présent il faut attendre, quand je voudrais tant travailler pour lui ! Je suis trop heureuse ici ; c'est pourquoi je voudrais quitter la maison, agir. La vie est trop douce ici. Pour mériter les récompenses éternelles, il faut pouvoir travailler dur et ne rien posséder.

Groupe en terre cuite par Gabrielle.

Mercredi 17. — Liberté, égalité, fraternité. Maximes essentiellement et uniquement évangéliques. En dehors de l'Évangile, choses qui n'existent pas ou presque pas.

Au service du Christ, on est libre. La liberté d'un vrai chrétien est la vraie liberté. Il ne dépend ni des autres ni des circonstances extérieures. L'argent, maître de tant d'hommes, n'est pour lui qu'un vil métal. Il n'y tient pas et ne se considère du reste que comme le dispensateur des biens du Seigneur. La principale liberté, c'est d'être libre des biens terrestres, de ne dépendre en aucune façon des hommes.

Quant à l'égalité, où existe-t-elle, sinon dans le monde des âmes? Jusque-là même il y a inégalité cependant. Il y a égalité en ce sens qu'à degré de beauté égale deux âmes ont la même valeur, soient-elles âme de roi ou âme de berger.

Quant à la vraie fraternité, cherchez-la en dehors de l'Évangile! Les peuples qui ne connaissent pas l'Évangile ne connaissent ni la liberté, ni l'égalité, encore moins la fraternité. Ils ne connaissent que la loi du plus fort, et si la civilisation est si corrompue, c'est que l'Évangile est peu pratiqué et mal pratiqué.

Qui oublie les injures? Qui oublie la moindre offense, même involontaire? Qui rend le bien pour le mal dans notre société soi-disant chrétienne? Si nous sommes chrétiens au fond, combien ne nous montrons-nous pas païens dans la pratique! Nous jouons sur les mots souvent. On dira : « Je n'ai pas d'ennemis » ; mais on en voudra à telle personne, on lui tournera le dos, on ne fera pas un pas vers elle... Cependant on croit pardonner les offenses.

Jeudi, 18 avril. — « L'Église primitive ne pleurait pas. Elle espérait. » (Lacordaire.)

Nous ne savons plus cette façon d'espérer qui donnait aux premiers chrétiens cette indomptable énergie et cette inaltérable sérénité.

La mort leur apparaissait splendide et désirable, et chacun enviait les victimes. Ceux qui restaient se faisaient apôtres au milieu de la société corrompue, ne craignant rien puisqu'on ne pouvait leur ôter que la vie.

O Sauveur Jésus, moi non plus je n'ai rien à craindre, vous êtes avec moi. Je ne craindrai ni la vie ni la mort, pourvu que vous soyez avec moi. Je suis à vous et pour l'éternité.

29 avril. — Une habitude à perdre : c'est de se demander avant de faire telle ou telle chose : Cela m'ennuie-t-il ou cela m'amuse-t-il? Il faut se dire seulement : Dois-je le faire ou ne le dois-je pas? Si le devoir est agréable, tant mieux! Si non, tant pis! Allons-y quand même. Ou plutôt, tant mieux! Il y aura quelque mérite. Le ciel vaut la peine d'y arriver.

Je suis à Jésus dès ici-bas pour implorer en faveur des miens pour lesquels je demande la vie éternelle. Tous les miens ne sont pas assez à lui : alors, moi, je suis à lui entièrement, pour compenser. Il sait bien que je l'aime, et moi je sais qu'il m'exaucera, parce que je lui demande ce qui est conforme à sa volonté.

Notre Père qui êtes aux cieux,
Que votre nom soit sanctifié,
Que votre règne arrive,
Que votre volonté soit faite sur la terre comme au ciel !
Donnez-nous aujourd'hui notre pain de chaque jour,
Pardonnez-nous nos offenses comme nous pardonnons à ceux qui nous ont offensés,
Et ne nous laissez pas succomber à la tentation,
Mais délivrez-nous du mal. Ainsi soit-il.

Mardi, 30 avril. — Jésus-Christ, pour qui on voudrait mourir, comme aux premiers siècles chrétiens, il faut vivre pour toi en ce XXe siècle...

Et peut-être, qui sait? aura-t-on l'occasion de mourir !... Tu ne permets pas peut-être de le désirer, et il doit nous suffire de faire ta volonté... La volonté de Dieu est jusque dans les plus petites choses, et je vous offre, ô Dieu, toutes les actions de ma journée, mes déceptions et mes joies et tout mon cœur. « Plus ne m'est rien. Rien ne m'est plus », en dehors de la volonté de Jésus. Je le pense avec joie !

A UNE JEUNE INSTITUTRICE

Vendredi, 17 mai 1901.

Ma bien chère Mademoiselle,

J'ai bien cru en effet que vous étiez malade ; car il y avait longtemps que j'étais sans nouvelles de vous. La veille du jour où j'ai reçu votre lettre, c'est-à-dire samedi dernier, j'ai été pour ainsi dire hantée toute la journée par votre souvenir, et j'ai remarqué souvent que cela m'arrivait les jours où vous m'écriviez. Le dimanche, je n'ai pas été étonnée de recevoir une lettre, on dirait que je les pressens, c'est très bizarre! J'espère que le beau printemps va vous faire du bien, mais ne me laissez pas trop longtemps sans nouvelles. Autrefois nous nous écrivions bien plus souvent, pourquoi y aurait-il quelque chose de changé? Je vous aime toujours autant et *mieux ;* car plus vous avez besoin d'affection, plus, moi, je sens le besoin de vous en donner. Vous pouvez donc toujours me parler de vous, puisque je vous aime, et je tâcherai de vous dire ce qui pourra vous faire le plus de bien.

Les âmes, les âmes rachetées par la mort de notre Sauveur, ont tant de valeur pour moi, et j'ai pour la vôtre une préférence, une prédilection, et vous voyez bien que le temps ni l'absence n'y font rien, et que vous, vous êtes toujours dans le coin tendre de mon cœur, qui n'est pas moins aimant parce que Jésus le possède. Comment pourrai-je vous dire que c'est le bonheur? Jusqu'à cette année je cherchais encore. J'avais de bons et de mauvais moments, des jours gais et des jours tristes; maintenant ce que j'ai trouvé m'a donné le bonheur, le calme, la paix, presque le ciel. Ce que j'ai trouvé, c'est le complet abandon entre les mains de Dieu, c'est le don de moi-même à Jésus et au prochain. Je consacre ma vie à ces deux amours qui ne sont qu'un seul et même amour : « l'amour de Dieu se traduisant par l'amour du prochain ; l'amour du prochain reposant sur l'amour de Dieu ».

Maintenant comment vous expliquer ce qui m'a amenée jusque-là? Je n'en sais moi-même rien, tant la transformation s'est faite peu à peu et doucement. Non, je n'ai pas eu de grande douleur, car, en effet, souvent Dieu se sert de la douleur pour dégoûter les âmes d'un monde si peu digne d'elles. Je crois que j'ai profité de l'expérience d'autrui.

J'ai beaucoup cherché, réfléchi, j'ai regardé autour de moi dans la vie des autres. J'ai trouvé que rien, hors de Dieu, n'était suffisant, que les hommes, même les plus grands, étaient trop petits, et que le bonheur humain était trop peu de chose, acheté trop cher et trop fragile. Enfin, j'ai trouvé que la vie était trop courte pour ne pas s'occuper surtout de la vie éternelle. Et puis le vrai secret de tout — peut-être ne comprendrez-vous pas bien, — c'est que j'aime le Christ de toute mon âme. Il m'est présent. Aussi, comme la théorie peut être belle, mais n'est rien sans la pratique, l'action viendra, bientôt, j'espère, mais je ne sais au juste quand. Comme l'action de Dieu sur nous est mystérieuse et visible en même temps! Il me semble que je vois tout dans ma vie s'enchaîner et tendre à ce but que j'espère atteindre.

Aimez-moi et priez Dieu de me soutenir, car je sais que j'aurai une tâche rude quelquefois. J'ai confiance quand même. Celui pour qui je travaillerai ne me manquera jamais.

Plus que jamais, vous voyez, vous pouvez compter sur mon affection, car l'amour de Dieu est le seul qui n'étouffe pas les autres affections, mais au contraire les élève et les affermit. Priez, comme vous pourrez ; il faut surtout le vouloir. C'est faire un effort que de vouloir quelque chose, et aucun effort ne restera sans sa récompense proportionnée.

Mais surtout ne pas perdre espoir quand Dieu semble absent, insensible. Il est éternel; c'est pourquoi il se réserve le temps et le moment d'agir. Ne lui faisons pas l'injure de penser qu'il puisse être *à nos ordres*. Vous avez la foi, *j'en suis sûre*. Approchez avec confiance de notre Sauveur, avec confiance et simplicité. Il est bon. Il est la bonté.

Geneviève est souffrante et arrivée à un tel état d'anémie qu'il a fallu s'en inquiéter vraiment et l'emmener au bord de la mer. Nous espérons bientôt du mieux. Marie et Charles sont resplendissants de santé et exubérants de joie.

Je vous embrasse et vous envoie une pervenche blanche, ma petite fleur préférée.

Votre GABY.

P. S. — Avez-vous lu *Quo Vadis ?* Je l'ai lu dans une édition expurgée pour les jeunes filles, je l'ai trouvé beau. La mort des apôtres saint Pierre et saint Paul est d'un calme et d'une sérénité! Nous aussi, nous allons à la même patrie éternelle ! Pour nous comme pour les martyrs, le Christ est mort. Les martyrs ont été appelés à mourir pour Lui, ne vivrons-nous pas pour Lui ?

Dessin au crayon par Gabrielle.

FIAT VOLUNTAS TUA (1)!

Le chemin montait et il faisait chaud...

Et l'âme était fatiguée et sa croix lui semblait plus lourde que de coutume...

L'ange cependant était là, qui l'encourageait, allégeant le fardeau... Mais, voyant l'âme très fort abattue, l'ange eut compassion et dit :

« Le poids de ta croix pèse lourdement sur toi, ô ma sœur. J'ai pitié de ta faiblesse, mais, tu le sais, chaque âme a sa croix... Cependant le Seigneur Jésus, en sa miséricorde, permet que tu déposes celle qui meurtrit tes épaules en ce moment et que toi-même tu fasses choix d'une autre croix moins pénible à porter. » Et l'ange sourit.

Ce sourire fit épanouir vingt liserons le long du chemin et autant de boutons d'or. Et deux rossignols se mirent à chanter... Alors l'ange présenta à l'âme un grand nombre de croix.

Elle d'abord s'en chargeait avec joie, puis, faisant quelques pas, trouvait chacune d'elles trop lourde ou trop longue et demandait d'en être délivrée pour une autre...

Elle en vit une qui lui parut si belle, si brillante, si glorieuse, que, malgré la grande dimension de cette sublime Croix, l'âme allait la demander... Mais l'ange dit :

« Voici la Croix du Fils de Dieu, et personne au monde n'en peut supporter le poids. Elle écraserait l'univers entier, car son poids est celui de l'universelle iniquité... »

Alors l'âme, saisissant au hasard la croix que lui présentait l'ange, s'en chargea et se mit à marcher.

Et l'ange lui dit :

« C'était la première croix que le Seigneur t'avait envoyée, la croix que ta faiblesse trouvait trop pesante...

— Je la porterai, répondit-elle... Toutes les croix sont lourdes, celle du Seigneur Jésus est accablante. La mienne ne doit-elle pas me sembler douce et légère à présent?... Oui, oui, en vérité, car il n'est pas de croix qui ne soit douce lorsque l'amour aide à la porter. L'amour la fait accepter des mains du Seigneur... Et l'âme possède le divin secret, qui sait vivre de cette parole :

« *Fiat voluntas tua !* »

(1) Imité d'une légende intitulée : *Le Choix de la Croix.*

Vendredi, 3 mai. — O Christ ! vous êtes le Roi de gloire. Vous êtes le Christ des martyrs. Vous êtes toujours le même. C'est nous qui avons dégénéré, nous qui ne savons plus vivre, nous qui ne savons plus regarder la mort avec sérénité comme notre libératrice. Vous êtes toujours le même, ô Maître adoré. Que la vie d'ici-bas s'écoule ! Qu'importe ! Nous naîtrons à la vie éternelle. Nous ressusciterons, car le Christ, notre Espérance, est ressuscité. *Alleluia.*

Lundi, 6 mai. — Le Christ est mon appui. Les hommes peuvent me manquer, mais Lui, je le sais, ne me manquera jamais. O Jésus, en ce moment, vous me donnez la grâce de la ferveur, mais je sais que je peux la perdre... Gardez ma volonté, quand vous m'ôterez la ferveur.

Je sais que la ferveur n'est pas indispensable ; je vous remercie de me la donner. Vous êtes bien bon pour moi. Vous me comblez, Seigneur.

Je suis entre vos mains. Purifiez mon cœur, mes intentions. Donnez-moi en tout la simplicité que vous aimez. Que j'aille à vous tout droit et comme naturellement. Purifiez même ce que je crois pur en moi.

Mardi, 7 mai. — Que ce temps d'attente soit un temps de sanctification et de prière ! Il faut l'employer comme une préparation à la vie active.

Notre-Seigneur s'est d'abord retiré au désert, avant de commencer sa vie active de prédications. Du reste, je suis à votre disposition, Seigneur. S'il me tarde de travailler, c'est que je sais que la vie présente est le temps du travail et que je ne voudrais pas mourir avant d'avoir travaillé. Je vous offre ma bonne volonté, et je ne me troublerai pas, si vous semblez, mon Dieu, n'en avoir que faire.

Vous savez bien que je vous aime, mon Sauveur.

Dimanche, 12 mai. — Jésus, apprenez-moi à faire votre volonté. Peu importe qu'il me plaise ou me déplaise d'aller ici ou là : du moment que je me suis donnée à vous, je ne me reprendrai pas. Partout, je suis à vous, mon Dieu bien-aimé, et pour l'éternité. Apprenez-moi de plus en plus le complet abandon. Je sens si bien que c'est là qu'on trouve le bonheur !

Vendredi, 17 mai. — Mon Dieu a bien voulu se révéler à moi. Que les créatures ne me demandent plus un cœur que je ne puis plus leur donner. Elles ne peuvent me donner un bonheur comme celui que j'ai trouvé dans l'amour de Jésus. Oh ! si les créatures vous connaissaient, mais c'est à peine si elles comprennent votre nom, vous ne leur êtes pas présent.

Beaux jours qui passez, je ne vous regrette pas, vous n'êtes pas l'éternité ! Passez avec les jours tristes ! Plus vous passerez, plus l'éternité est proche et j'espère en Dieu. Une fois que vous serez passés, qu'importe ce que vous aurez été, gais ou tristes, qu'importe? Alors à présent qu'importe, pourvu que Jésus-Christ vive en nous ! *Amo Christum !*

Dimanche, 19 mai. — Il y a du *bien* partout. Les maladies, les misères, les douleurs sont un bien, la mort est un bien, mais nous ne le savons pas. C'est pourquoi nous en pleurons, mais nos larmes seront changées en joies et alors nous bénirons Dieu de tout. Pourquoi ne pas le bénir dès à présent, puisque nous savons que les maux qui nous accablent, cachent des bénédictions et doivent tourner à notre profit et à notre bonheur? Croyons-le et louons le Christ toujours.

Mardi, 21 mai. — Tout est bien, qui finit bien. Même quand la préoccupation, la douleur, mettent notre esprit dans les ténèbres et qu'il nous semble ne jamais pouvoir en sortir, disons toujours que tout est bien quand même, car tout finira bien, si nous le voulons, et cette fin heureuse doit et peut nous consoler de *tout !*

Il y a des heures noires, mais nous savons que le plein jour viendra, le jour éternel ! Arrivons-y... Seigneur, que votre règne arrive !

A cette date du 21 mai, les plus lourdes inquiétudes accablaient la famille. Depuis deux ans la santé du père était gravement atteinte. Une plus jeune sœur de Gabrielle traversait une crise d'anémie terrible : sa mère l'avait emmenée, sur l'avis des médecins, au bord de la mer ; les nouvelles étaient de plus en plus alarmantes.

La petite malade devait se rétablir presque miraculeusement, et Gabrielle, qui, à ce moment, comme toujours d'ailleurs, était florissante de santé, allait être enlevée en quelques jours.

Une de ses amies, qui avait les mêmes aspirations qu'elle vers la vie religieuse et s'est depuis consacrée à Dieu, était dangereusement malade. C'est elle que Gabrielle a en vue dans les lignes suivantes écrites à cette même date :

Vous la voulez pour vous, Jésus, cette pure, cette innocente et chaste jeune fille qui s'est donnée à vous dans l'ardeur des saints désirs. Et, si vous la prenez, je sais qu'elle sera bien heureuse. Si vous la prenez, c'est que peut-être ses parents vous l'auraient refusée.

O parents, craignez ce fiancé divin qui prend, s'il veut, et malgré vous, celle qui n'aime que Lui, celle qui s'est donnée pour l'éternité, celle qui ne veut appartenir à aucun mortel, celle qui a dit à Dieu : Vous êtes le Dieu de mon cœur et mon partage pour l'éternité; celle qui veut rester vierge pour suivre l'Agneau... Mon amie, amie chérie, vous serez heureuse. Peut-être cette maladie ne va pas à la mort, mais afin que Dieu soit glorifié. Peut-être, grâce à cette maladie, et une fois guérie, convaincrez-vous vos parents que Dieu ne vous a épargnée que pour que vous soyez à Lui; mais s'il vous enlève dès maintenant à cette terre, oh! vous l'en bénirez, âme d'ange... Je le bénis avec vous, quoique mon cœur saigne.

Vendredi, 24 mai. — Je n'ai pas de nouvelles précises sur la santé de mon amie. Ma chère petite sœur, ma verveine aussi, est malade physiquement et moralement peut-être. Ma mère (1) me laisse à moi-même, mais c'est pour savoir si je suis réellement à Jésus. Et c'est pour que je m'en rende compte moi-même. Et je sens de plus en plus que je suis à Lui vraiment, car tous les jours je m'abandonne à Lui et je lui abandonne tous ceux que j'aime, et je suis dans une sérénité jamais éprouvée encore, dans un moment où, plus que jamais, j'ai des causes réelles d'inquiétudes et de chagrin. Mais mon cœur est « en haut » et la paix le remplit. Il me semble que je *vois* comme je verrais de l'autre vie. Il me semble que je ne *vois* pas de la même façon que le monde voit et même autrement que beaucoup de chrétiens dans le monde.

Samedi, 25 mai. — L'âme monte, radieuse, radieuse de voir la terre s'éloigner d'elle. Elle a quitté son corps... Et que lui importe? Son corps qui fut la demeure de l'Esprit-Saint, elle le laisse à la garde du Seigneur. Qu'importe qu'il attende au fond de l'océan ou sous la terre la résurrection promise? qu'il soit rongé des vers; qu'il devienne poussière; car, à la voix de l'Éternel, il renaîtra, incorruptible, de ses cendres. Jour splendide où le juste tressaillira de bonheur.

Elle monte, s'élève loin de la terre... Sur la terre elle voit de pauvres fourmis qui se disputent un brin de paille, ce sont des hommes qui luttent pour posséder un sceptre... Et la mort est sur eux tous... Le vainqueur sera vaincu par elle.

Pauvres, riches, esclaves, rois, écoutez! Elle crie : « Égalité! »

Enfants, jeunes gens, hommes mûrs, vieillards, écoutez! Elle crie : « Tu as vécu ! »

(1) Gabrielle désigne sous ce nom de mère une personne qui dirigeait une œuvre pieuse et était appelée ainsi par les jeunes associées.

Et l'enfant a vécu un instant. Et le vieillard a vécu un instant. Oui, un instant, sur la terre, ils ont ouvert les yeux. Qu'ils les rouvrent à présent ! Voici la vie éternelle, âmes pures, âmes vertueuses, âmes courageuses, âmes chastes, âmes angéliques... *Alleluia !*

Ames dépravées, avides, orgueilleuses, oisives, voluptueuses, insensées, et même vous, âmes frivoles, tremblez : c'est le jour de la colère et de la vengeance !

Pastel par Gabrielle.

O Jésus, Sauveur, c'est en vous que j'espère : je ne serai point confondue à jamais ! L'amour en mon cœur domine la crainte. Mon âme espère en Celui qui est ressuscité comme il l'avait dit.

Lundi, 27 mai. — J'aime ce qui est dit dans le P. Gratry de cette ville dont tous les habitants s'aimaient.

J'ai idée de cela. A moi aussi, il me semble depuis quelque temps que je vis « dans cette ville avec une incroyable félicité ».

« La mort arrachait au mourant et aux vivants une larme et un sourire, et on relevait aussitôt la tête avec confiance pour reprendre la marche sacrée, le travail saint de Dieu (1). »

Et moi aussi je pense que c'est cette vision qui me remplit d'une « joie indomptable et d'une espérance inflexible », malgré tout, malgré les événements extérieurs.

O Dieu, ô Jésus, je sens que je suis à vous. Disposez de moi, je vous prie... La vie, je l'aime : Elle nous gagne le ciel. La mort, je l'aime : Elle nous donne le ciel, grâce à la grande miséricorde de Dieu et aux souffrances du Sauveur; car ce n'est pas nos mérites qui

(1) Le P. Gratry : *Souvenirs de jeunesse*. Paris, Téqui.

peuvent suffire. Oh ! non, mais j'espère quand même la vie éternelle.

Vendredi, 31 mai. — « Qu'il est difficile à un riche d'entrer dans le royaume des cieux ! » Il me semble que cette parole est applicable aussi aux gens mariés : ils sont forcément et tellement attachés, par tant de liens, à la terre, et c'est presque pour ainsi dire leur devoir d'y être attachés. Aussi leur faut-il beaucoup de vertu pour pouvoir dans leur état arriver au ciel. Combien y a-t-il de mères qui préféreraient, comme Blanche de Castille, voir leur fils mort plutôt que souillé d'un seul péché mortel ? Y en a-t-il beaucoup, de même, qui pensent à dire à Dieu devant leur petit enfant : « Seigneur, prenez-le dans son innocence plutôt que de le laisser vivre et finir par se damner ? » Elles auraient peur peut-être d'être prises au mot. Il me semble que, du fond du cœur, avec toute la sincérité de mon âme, j'aurais pour mon enfant fait cette prière-là, que je serais *sûre*, en le voyant vivre et puis s'écarter de la voie droite, qu'il finirait par y revenir, parce qu'il me semblerait que Dieu, à qui je l'aurais offert dans son innocence, ne peut pas ne pas avoir accepté le sacrifice, accepté et agréé la proposition, et que s'il ne l'a pas ôté du monde, c'est qu'il le sauvera sûrement : le laisser vivre n'était-ce pas promettre, pour ainsi dire, son salut ?

« Où est votre trésor, là aussi est votre cœur. » C'est pourquoi il est difficile à un riche d'entrer au royaume des cieux. C'est pourquoi il est difficile à tous ceux dont le trésor est sur la terre de désirer le ciel. Le mariage est une entrave ; il ne vous exclut pas du royaume éternel, mais quand même il entrave votre marche, il vous coupe les ailes. On peut marcher, il est vrai, plus ou moins vite, plus ou moins facilement ; mais on ne vole pas.

Samedi, 1er juin. — O Jésus, me permettez-vous d'ouvrir mon âme aux désirs du ciel ? Je crois que c'est vous qui me les envoyez. Aussi le temps qui passe ne m'attriste plus comme autrefois. Je sens qu'à mesure qu'il passe, l'Éternité approche et j'espère... Je suis heureuse dans une invincible espérance en votre miséricorde... Pourvu que vous me gardiez pour la vie éternelle, que m'importe de mourir dans cinquante ans ou demain ? Tout ce que je vous demande, c'est de garder mon âme pour la vie éternelle. Je suis dans une « joie indomptable ».

Lundi, 3 juin. — Que votre volonté soit toujours la mienne ! Malgré tout et n'importe où, je suis tout à vous, Jésus, Sauveur bien-aimé.

Mardi, 4 juin. — « A cœur vaillant rien d'impossible. » La grâce de Dieu ne lui est jamais refusée. La prière fervente peut tout obtenir, et le découragement n'approche pas du cœur vaillant qui prie toujours sans se lasser. J'ai en moi trois forces : la foi, l'espérance et l'amour, et je puis vivre, car Dieu est mon refuge et mon appui ; qui craindrais-je ? Est-ce que je ne crois pas que Jésus, à qui je me donne, me rendra au centuple et protégera ma faiblesse ? Donc tous les jours je remettrai à son Cœur le soin de mon avenir et je serai en paix. Je serai en paix au milieu même de la lutte. Je dirai à mon cœur : « Appuie-toi sur Jésus et ne crains rien. »

Celui qui aime vraiment ne pense pas à craindre pour lui-même. Celui que j'aime est grand, c'est le Tout-Puissant. Je l'invoquerai et il me répondra.

Je ne crains rien : Jésus est avec moi.

Mercredi, 5 juin. — O Jésus, faites que les jours où je dois vous recevoir, mon cœur vous répète sans cesse des actes de foi, d'humilité, d'amour et de désir.

Actes de foi. Jésus-Christ demande à ses apôtres : « Que pense-t-on de moi ? Qui dit-on que soit le Fils de l'Homme ? » Ils lui répondent : « Les uns disent Élie, d'autres Jérémie ou l'un des prophètes. — Et vous, qui dites-vous que je suis ? » Et Pierre de répondre : « Vous êtes le Christ, fils du Dieu vivant ! »

A Jésus au saint sacrement de l'autel, je réponds avec la même certitude, la plus profonde conviction : « Je crois que vous êtes le Christ, Fils du Dieu vivant », car il me pose la même question qu'aux apôtres, et moi *je sais* que c'est vraiment Lui. Chaque fois que je le reçois, je veux réveiller ma foi. Qu'elle soit toujours vive et inébranlable !

Actes d'humilité. Je penserai à Notre-Seigneur, lavant les pieds des Apôtres, nous donnant ainsi l'exemple, et je lui dirai à mon Seigneur de vouloir bien me purifier, moi aussi, pour me rendre moins indigne de devenir sa demeure. Ma faiblesse naturelle sera devant mes yeux, me montrant que de moi-même je ne puis rien, absolument rien : « Je ne suis pas digne... »

Actes d'amour. Jésus-Christ : « M'aimes-tu ? » Comme il insiste dans l'Évangile sur cette question, notre divin Sauveur : « M'aimes-tu ? »

Oui ! Seigneur, je vous aime, vous savez bien que je vous aime.

Actes de désir. Je vous désire de tout mon cœur, Jésus. Vous allez venir demain. Vous allez venir ce matin même. Oh ! je vous désire, je vous attends... Vous êtes mon trésor et mon bien. Vous êtes le Dieu de mon cœur et mon partage pour l'éternité.

Après vous avoir reçu, Seigneur, je vous adore... Je vous remercie. Je vous demande vos grâces. Je forme des résolutions.

11 juin 1901. — O Dieu! lorsque je repasse en mon cœur « le détail » de vos grâces, *je tressaille véritablement de joie émue et de reconnaissance!* O Christ Jésus, je suis ravie d'admiration, lorsque je vois que, malgré la tiédeur où j'ai passé ma jeunesse, vous ne m'avez pas rejetée. Au contraire, vous m'avez appelée. Vous m'avez révélé le mot qui crée les apôtres : « Viens, suis-moi ! » Vous m'avez, ô Dieu, dans votre bonté, envoyé l'épreuve. Je l'ai acceptée, vous le savez, de toute mon âme, et vous m'avez donné, après l'acceptation, un redoublement de ferveur ! Merci, merci, merci...

Vous ne me donnez plus d'appui extérieur. Vous ne me donnez plus de secours humain. Vous me donnez bien plus : vous vous donnez vous-même. Vous vous dévoilez à mon âme. Vous ravissez mon âme. Vous me faites vivre réellement par avance dans une joie céleste... Je ne puis rien exprimer de ce que je ressens, je n'ai pas de mots... Jésus, je veux être à vous seul. Vous seul êtes digne de tout amour. Permettez que je vous consacre mon âme et mon corps. Permettez-moi de commencer sur la terre le cantique éternel que chanteront les vierges en suivant l'Agneau !

Vendredi, 14 juin. — « Dieu parle. Il parle toujours. Et quand on prie sincèrement et ardemment, il faut être athée ou absurde pour penser qu'il ne répond pas. Il ne vous dit pas des mots, mais il *effectue en vous ce qu'il veut.* »

Jésus, je ne me suis jamais troublée en vous demandant cette faveur immense. Je n'ai pas perdu la sérénité intérieure que vous répandiez dans mon âme. Je ne pouvais rien vous offrir de plus que ce que je vous ai offert, et je savais que vous me répondriez. C'est maintenant, Jésus, que vous me répondez, en acceptant l'offre que je vous ai faite.

Vous avez donné votre vie pour moi et vous savez, mon Dieu, que je ne puis rien vous donner de plus que ce que je vous ai offert ; car je n'ai rien autre qui soit à moi.

Mon cœur déborde de joie et de reconnaissance. Il est tout à vous! Vous me faites vivre à moitié route du ciel !

Qui comprendra l'intensité de mon bonheur ? Je suis ravie de joie en Dieu mon Sauveur.

En marge de ces pages, Gabrielle a ajouté :

J'ai demandé un signe, une réponse, et je l'ai obtenue (1). Mainte-

(1) La guérison de sa sœur.

nant je sais ce que je dois. Que rien ne m'empêche de payer cette dette ! Une dette comme la mienne qui ne serait pas payée équivaudrait à une condamnation à mort, mais non pas à la mort éternelle ; car Dieu a accepté.

Lorsqu'on offre à Dieu sa vie, on doit être prêt à *mourir* ou bien encore à *vivre* pour Lui et pour le prochain; « ce qui est encore une manière de mourir à soi-même et d'entrer dans la bonté de Dieu ».

18 juin. — S'il m'était dit : « Désire ce que tu veux avoir et tu l'auras », que dirais-je ?

Et si je sais ce que je désire, je demande : Sera-ce pour toujours ? Ce bonheur, est-ce que je ne le perdrai jamais ? Et grandira-t-il, à mesure que je le posséderai ?

Non. Tu auras ce bonheur cinq, dix, vingt, ou cinquante ans.

Et après ?

Après, tu le perdras. Si tu commences par avoir ta plus grande part de bonheur, il ira diminuant, à mesure que s'avancera ta vie. S'il va augmentant, un jour il tombera tout à coup... Et plus on tombe de haut, plus on souffre.

> Je ne veux pas d'un monde où tout change, où tout passe,
> Où jusqu'au souvenir tout s'use et tout s'efface ;
> Où tout est fugitif, périssable, incertain,
> Où le jour du bonheur n'a pas de lendemain (1).

Je veux un bonheur qui aille grandissant et qui soit sans fin. Du reste, si je fais ce qu'il faut pour l'obtenir, je sais que je l'aurai. Donc, qu'importe que ce soit bientôt ou dans longtemps, puisque le moment viendra où ce temps sera passé ? Ce sera sûrement passé dans cent ans, probablement dans soixante, ou cinquante, et peut-être même dans un ou deux. Qu'est-ce que vingt, cinquante ou cent ans ? C'est un point imperceptible des siècles, un rien par rapport à l'éternité. Or, qu'importe d'être heureux pendant ce rien de temps ?

Qu'est-ce que la vérité ? Qu'est-ce que le bonheur ? L'homme les cherche où ils ne sont pas. Le plus souvent il ne trouve que l'erreur et les désillusions.

Les voies de la Providence sont admirables. Il y a des âmes qui ont été véritablement préservées, conduites comme par la main, et elles n'ont aucune peine à découvrir dans leur vie l'action de la main divine, tellement cette action est visible. Par moments, la vue

(1) Lamartine.

de cette action est tellement claire et lumineuse et resplendissante qu'elles en sont comme éblouies et ne trouvent aucun mot qui exprime leur admiration. Jamais personne en ce monde ne comprendra la reconnaissance qui déborde de leur cœur et qui les porte non seulement à tout donner, mais à se donner.

Il y a des régions dont on ne peut plus descendre sans déchoir, une fois qu'on les a entrevues, régions sereines d'où l'on voit toutes choses sous un nouveau jour, dans la vraie lumière de la pure foi. Tout change d'aspect à cette splendide lumière, les croix et les ronces et les épines et la maladie et la mort. La vie semble courte et cependant trop longue. Et rien, non rien, ne nous paraît plus trop difficile. Rien ne nous désespère. Rien ne nous abat. Aucun chemin n'est trop rocailleux, parce que l'horizon s'ouvre, splendide, parce que véritablement on est *en route* sur les pas de Celui qui est la voie, la vérité et la vie ! *Amo Christum.*

Sursum corda ! Toute la vertu des saints, c'est-à-dire leur force, est dans ce mot incompréhensible à beaucoup : le sacrifice.

Le sacrifice de soi, c'est l'abandon complet à la volonté de Dieu. Et en cet abandon consiste le Bonheur. Voilà tout le secret du bonheur, mais qui le comprendra ?... Nul ne le comprend avant de l'avoir goûté; et celui qui l'a goûté est inébranlablement affermi dans la paix du Christ ; car les souffrances et les peines de cette vie n'ont aucune proportion avec les gloires futures qu'elles nous méritent. Et la vraie liberté appartient à celui qui ne craint ni la vie ni la mort, ni rien de ce qui n'atteint que le corps. Il veut vivre et il veut mourir. Tout est bien parce que Dieu le veut ainsi. Pour lui « toutes choses sont des voiles qui cachent Dieu », et encore, pour lui, Dieu transparaît à travers ces voiles. Il voit clairement là où d'autres tâtonnent dans l'ombre.

Et toujours le premier et le dernier mot, mot de l'amour, c'est le sacrifice. Le sacrifice est une amertume qui se change en joie, dès ici-bas.

La prière et le sacrifice, c'est toute la religion. Jésus-Christ a prié et Jésus-Christ a souffert. Si quelque chose nous avait été plus utile, comment ne nous l'aurait-il pas enseigné ?

Jeudi, 20 juin 1901. — *Deo gratias* (1) ! Que rendrai-je au Seigneur, pour tous les biens dont il m'a comblée ? Que ses voies sont admirables !

Aujourd'hui, Jésus, vous me répondez.

(1) Il s'agit dans ce chant d'action de grâces du retour à Dieu de son père.

Je vous renouvelle la donation que je vous ai faite de mon être tout entier.

Prenez ce qui est à vous. Je ne peux rien vous donner de plus que ce que je vous donne. C'est bien peu de chose en comparaison de vos bienfaits, de vos grâces...

J'ai reçu des grâces inouïes en reconnaissance desquelles je ne puis donner moins que de me donner tout entière (1).

Sous la lampe (Pastel par Gabrielle).

« Ouvrez-vous, portes éternelles, et le Roi de gloire, suivi de son épouse, entrera. » (*Ps.* XXIII.)

Jésus, incomparable bien-aimé, vous êtes ENTRÉ dans mon cœur. Qu'on ne me propose pas d'amour humain, car mon cœur tressaille et refuse d'établir une comparaison

Cela me paraît comme une injure qu'on fait à Jésus sans le savoir; mais mon cœur proteste et toute mon âme lui dit :

« Vous êtes le Dieu de mon cœur et mon partage pour toute l'éternité. »

Ces pages écrites, le 20 juin, après la communion de son père, sont la preuve que Gabrielle s'était offerte toute vive à Dieu et lui

(1) La mère de Gabrielle a écrit sous ces lignes le 19 septembre 1901 : *Dieu a accepté ton sacrifice, ô ma bien-aimée !*

avait demandé, comme réponse, la guérison de sa sœur et le retour complet du chef de la famille aux pratiques religieuses.

Le 14 juin, lorsqu'elle écrivait : « J'ai demandé un signe, une réponse, et je l'ai obtenue », elle considérait la première de ces grâces comme réalisée. Un mieux inespéré, en effet, presque miraculeux, était survenu tout à coup dans l'état de l'enfant.

Cette première faveur devait amener la seconde. Le père, enfin touché, ne résiste pas davantage à l'appel de Dieu, et, le jeudi 20 juin, il communia avec la chère petite convalescente qui, elle aussi, avait demandé ce bonheur avec tant d'instances et de larmes le jour de sa première communion !

Aussitôt la grande action accomplie, Gabrielle, qui y avait assisté à genoux avec toute la famille, se releva aussitôt, descendit, et bientôt sa voix d'ange monta, chantant ce beau cantique :

Le ciel a visité la terre.

Lundi, 24 juin. Saint Jean-Baptiste. — « Je puis tout en Celui qui me fortifie. »

Je vous prie, Jésus bien-aimé, de vouloir bien vous servir de moi.

Je suis effrayée parfois, quand je fais cette prière; mais je sais que, pour l'édification de votre œuvre, vous savez vous servir des moindres choses. Apprenez-moi seulement à faire votre volonté. *Je veux votre volonté.*

Faites-moi aimer cette sainte volonté. C'est *tout* ce que je vous demande : il n'y a que *cela* d'indispensable.

Oh ! que je suis heureuse ! Une paix immense m'envahit toute. Je suis heureuse, heureuse. J'ai confiance, j'espère, et je vous aime, Jésus, à plein cœur !

Autrefois je ne savais pas qu'on était si heureux en vous aimant !

Jamais je n'avais été aussi heureuse qu'à présent, et je le suis de plus en plus.

Est-ce un *crescendo* qui continue jusqu'au ciel ?

Mardi, 25 juin. — Mon Seigneur, faites-moi connaître d'abord, puis accomplir votre volonté.

La crainte de n'être pas bonne à grand'chose peut venir de l'orgueil. Si je fais ce que je peux, Dieu fera le reste. Ne vaut-il pas mieux être la dernière des novices ?

Si je passe pour avoir la tête dure, si j'apprends difficilement depuis si longtemps que j'ai perdu l'habitude d'apprendre, eh bien ! au moins, il n'y aura pas pour moi de danger d'orgueil. Je suis trop

« amateur » en beaucoup de choses. Je sais ce dont je suis incapable, mais je ne sais de quoi je suis capable. Moi, enseigner les autres !

Mercredi, 26 juin. — Jésus a pris pour ses premiers disciples de pauvres pêcheurs, des ignorants. Avec cela, il a fondé son Église qui dure depuis vingt siècles ! Il peut aussi bien se servir de moi. Je suis un mauvais outil. Le mauvais ouvrier se plaint de son outil, mais Dieu, le tout-puissant ouvrier, se sert, admirablement, même des outils rouillés.

Seigneur, je crains de n'avoir pas assez bien cultivé les dons que j'avais reçus de vous. Je crains d'avoir gaspillé ou tout au moins de n'avoir pas fait fructifier... Que ce que vous m'avez donné me serve pour votre gloire, Seigneur. Rendez-moi telle que je devrais être. Je ne voudrais pas avoir abusé de vos grâces. Jésus bien-aimé, réservez-moi pour vous seul.

A UNE AMIE

26 juin 1901.

Il y a du mieux dans l'état de Geneviève. Même bonne maman, qui est toujours disposée à se tourmenter, est obligée de le constater. Elle est certainement toujours très maigre et ne mange encore que par raison, mais elle désire guérir ; ce qui lui était, il y a quelque temps, absolument indifférent. Elle prend avec résignation ce qu'elle doit prendre toutes les deux heures.

Papa va mieux aussi, vraiment mieux, et puis, si vous saviez, ma chérie, quel grand pas il a fait !... L'amélioration dans l'état de Geneviève est venue d'une façon si inattendue que je crois que cela a beaucoup contribué à décider papa à recevoir la sainte communion en même temps que Geneviève jeudi dernier !

Vous pensez si c'est un bonheur ! Cette pauvre Geneviève avait tant demandé cela au moment de sa première communion ! En voyant que Dieu nous la rendait d'une façon pour ainsi dire visible, papa s'est laissé toucher et il en a été bien heureux. J'avais souvent pensé : « Cette maladie ne va pas à la mort, mais à la plus grande gloire de Dieu. »

Ce qui semble des afflictions est si souvent pour notre plus grand bien. Oh ! ma chérie, si je pouvais vous dire tout ce que je pense là-dessus et combien pour moi tous les événements sont « des voiles qui cachent Dieu » ou plutôt à travers lesquels je vois Dieu transparaître !

Il s'est fait en moi tout doucement de grandes transformations qui me rendent bien heureuse. Jésus, que j'aimais, c'est vrai, mais trop vaguement, est maintenant *entré dans ma vie* d'une façon que j'admire sans y rien comprendre. Je sens que je suis transformée sans avoir souffert pour ainsi dire pendant la transformation. J'ai peur que tout ceci vous semble invraisemblable, parce que vous n'avez pas suivi la marche de mon esprit, de mon cœur, de tout moi-même vers Jésus... Jamais je n'ai été aussi complètement, aussi pleinement heureuse que je le suis à présent. Cela déborde par moments. Je suis *émerveillée* de tout ce que Jésus a fait pour m'attirer à Lui. Aussi je ne puis pas faire moins que de me donner.

Je lui ai demandé de disposer de ma vie, et c'est ce qui fait mon bonheur. Où irai-je? Je ne suis pas encore fixée là-dessus, mais cela me semble un détail...

Ce qui ressort de mon état actuel, c'est une joie et une paix que je ne connaissais pas et qui durent et qui *résistent à l'épreuve*, car, s'il n'y avait pas eu d'épreuve, je n'oserais pas affirmer autant; mais à présent je crois pouvoir affirmer.

Croyez-vous que je regrette le temps où j'étais gaie par le soleil et triste avec le temps gris? Maintenant le soleil est toujours à l'horizon de ma vie, au haut du chemin, tant raide qu'il puisse être. Qu'on voit bien les choses dans leur vraie lumière à cette lumière-là!

Jeudi, 27 juin. — Lorsque l'amour a pénétré dans une âme, cette âme arrive à comprendre, à goûter, à désirer le sacrifice. Dès qu'elle aime vraiment, il lui faut se donner ou mourir.

O Jésus bien-aimé, vous êtes le Dieu de mon cœur et mon partage pour l'éternité!

Samedi, 29 juin. — Quand on *aime* vraiment Jésus, je crois que tout peut se supporter et se supporter même avec joie. A mesure que je sens l'amour de Jésus pénétrer dans mon âme, je sens un bonheur immense m'envahir, à tel point que ce bonheur me semble inaltérable.

Je possède un trésor que personne ne peut me ravir et que les événements extérieurs ne peuvent détruire. La sérénité remplit ma vie. En me réveillant je me dis : « Pourquoi suis-je si heureuse? » Et le soir je m'endors en me disant : « Encore un jour de passé, je suis bien heureuse. »

Et pourtant qu'ai-je fait encore pour vous, Jésus? Et comment est-ce que j'ose me réjouir du temps qui passe, alors que tout ce temps ne vous est pas uniquement et entièrement consacré?

Lundi, 1er juillet. — Qu'est-ce que le bonheur de la terre?

Est-ce « le bonheur », que ce bonheur qui dure un temps? On peut goûter le bonheur, mais on ne le possède pas : il échappe tout à coup, au moment où l'on commençait à en jouir; à en jouir malgré mille inquiétudes, mille tracas. Un homme qui pourrait être heureux est troublé par la pensée de l'avenir, par l'incertitude : le bonheur n'est pas dans le présent, il n'est pas dans l'avenir, puisqu'on n'est jamais sûr du lendemain ; il n'est souvent même pas dans le passé, quoique ce soit encore là qu'il est le meilleur, alors qu'on ne le possède plus.

Et cependant l'homme veut le bonheur, il le poursuit partout, mais il ne le trouve pas toujours, parce qu'il le cherche où il n'est pas : il ne trouve que des fantômes de bonheur; il ne trouve que des apparences qui s'évanouissent bientôt.

Alors l'homme pleure cette apparence qu'il prenait pour le bonheur. Et Dieu lui parle, mais d'une voix si douce qu'il faut faire silence pour pouvoir l'entendre. Alors beaucoup ne l'entendent pas parce qu'ils crient au lieu de faire silence, mais à ceux qui se taisent pour écouter la voix de Dieu, le Seigneur dit des mots profonds et tendres et inoubliables.

Et Dieu les appelle... « Me voici, Seigneur, pour faire votre volonté. » Alors Dieu lui-même les transforme. Il en fait des instruments divins. Il les remplit d'allégresse, tout en les chargeant de sa croix, et il met sur leurs fronts un signe extérieur de la sérénité de leurs âmes. « Il en fait les vrais sages, exempts de toute crainte, il en fait ses chevaliers réellement sans peur et sans reproche. L'unique moyen, l'unique secret pour trouver le bonheur est dans l'abandon absolu à la volonté de Dieu. La mesure du bonheur est la mesure de l'abandon. » Il n'y a pas à chercher plus loin. L'abandon est le sacrifice du « moi ».

Mercredi, 3 juillet. — « Nul ne sait s'il est digne d'amour ou de haine. »

Malgré cette terrible incertitude, je me confierai en la bonté de mon Dieu, car c'est le Dieu qui réjouit ma jeunesse. Je lui dirai : Mon Dieu, voyez mon cœur, je désire qu'il vous soit comme un livre grand ouvert. Rien ne vous est caché ; mais je ne veux pas non plus que rien vous soit caché en moi. Que mon cœur se dilate sous votre divin regard, et que tout ce qui n'est pas vous disparaisse!

Mais rien ne pourra disparaître, parce que je vous vois en toutes choses. Les apparences vous cachent. Ceux qui ne vous voient pas, c'est qu'ils s'arrêtent aux apparences et ne savent pas s'élever au delà.

Pour moi je crois, c'est pourquoi j'espère, sans m'inquiéter de savoir si je suis digne d'amour ou de haine, comptant pour me justifier sur les mérites infinis de mon Sauveur.

D'un cœur qui t'aime,
Mon Dieu, qui peut troubler la paix ?
Il cherche en tout la volonté suprême
Et ne se cherche jamais.
Sur la terre, dans le ciel même
Est-il d'autre bonheur
Que la tranquille paix d'un cœur
Qui t'aime (1) ?

Dimanche, 7 juillet. — La vie est courte, un an est vite passé, très vite. La vie se compose d'une succession de quelques années. Courage et confiance ! Nous attendons le règne de Dieu et il ne nous faut plus qu'un peu de patience. L'aurore éternelle luira bientôt. En avant ! Hardiment ! A l'assaut ! La victoire est assurée à ceux qui suivent la croix du Rédempteur. *O Crux, ave, spes unica !*

Lundi, 8 juillet. — L'attrait qui me pousse vers Jésus est si fort que je ne me sens, pour suivre cette voie, aucun sacrifice à faire en dehors de celui de quitter les miens et de leur causer de la peine... Et cela ne doit ni ne peut m'arrêter. Qu'ils s'en rendent compte ou non, je ne leur appartiendrais ni plus ni moins, si j'étais mariée. Je leur appartiendrais sûrement moins parce que mon cœur serait ailleurs, tandis qu'en Jésus on aime infiniment les siens, seulement on les aime mieux et de mieux en mieux. Leur peine, que je prévois, est la seule ombre à mon inaltérable bonheur. Moi, je me suis donnée à Jésus. Il saura bien prendre possession de moi, si on me refusait à Lui. Il peut me prendre par la mort. Oh ! mais je n'ose pas désirer cela... Je ne l'ai pas suffisamment mérité... Quand j'y pense !... que peut-être... Mais non, le royaume du Ciel souffre violence, et la récompense doit se gagner.

Mercredi, 10 juillet. — Me voici ! Disposez de moi. C'est ce que je vous demande, mon Dieu.

(1) Racine.

Dimanche, 14 juillet. — Il y a des hommes qui passent leur vie dans la jouissance. On les envie... Oh ! que je les plains ! Mais quoi ? Ils ont reçu leur récompense. Ceux qui ont joui sans penser à remercier Dieu, sans trembler de leur trop grande part de bonheur, ceux qui ont joui comme si ce bonheur leur était dû, que devront-ils attendre ? Que devront-ils attendre ceux qui n'ont jamais eu dans leurs actions aucune vue surnaturelle ? Dieu ne peut récompenser que ce qui a été fait pour lui. Un ouvrier vient demander son salaire à un patron, en disant : « Je n'ai pas travaillé pour vous, j'ai travaillé pour moi aujourd'hui, mais n'importe, payez-moi ma journée » ; le patron dirait avec raison : « Mais, mon ami, vous êtes fou, je ne vous dois rien. » Et de même celui qui aurait travaillé pour un homme et irait demander son salaire à un autre ; l'autre n'aurait qu'à lui répondre : « Moi, je ne vous dois rien, allez vous faire payer par celui pour qui vous avez travaillé. »

Si vous avez marché dans la voie de Dieu, espérez de Dieu votre récompense, sachez même qu'elle sera hors de proportion avec tout ce que vous aurez pu faire ou souffrir.

Si vous suivez le monde et le démon, n'allez pas demander à Dieu ses récompenses... Vous servez l'ennemi de Dieu et vous oseriez demander à Dieu quelque faveur !... Quelle impudence ! Allez, Dieu ne vous doit rien... Et n'est-ce pas assez qu'il ait souffert pour vous... qu'il soit mort ?... Comment osez-vous ?...

Il y en a qui jouissent du bonheur, mais en rendant grâces. Il y en a qui possèdent de grands biens, mais qui ne sont pas possédés par leurs biens, qui ont la pauvreté d'esprit, le détachement... Ceux-là, lorsque l'infortune les frappe, ne s'irritent pas, ne s'étonnent pas ; ils bénissent, car non seulement ils se résignent (ce qui convient tout juste), mais ils se réjouissent ! Mais combien sont-ils qui soient ainsi ? La richesse est un grand obstacle à la perfection, et celui qui ne possède qu'un carré de choux peut être aussi attaché aux biens de la terre que le plus riche des banquiers. La richesse et la pauvreté matérielles ne sont rien. Tout consiste dans l'esprit : il peut y avoir esprit de pauvreté au milieu des richesses, tandis qu'il peut manquer dans l'état de pauvreté matérielle. Donc, laissons Dieu juger les consciences.

Lundi, 15 juillet. — Désir du ciel ! Oh ! qu'y a-t-il de désirable en dehors de cela ? Mais quelle ambition ! Et dire que le Seigneur nous la permet !...

Il y en a beaucoup qui admirent, qui se récrient sur ce désir de mourir jeune ; mais pourquoi ? N'est-ce pas bien naturel que de désirer le bonheur ?

Mais en sommes-nous dignes à présent? Dignes! Non, jamais... S'il fallait attendre d'en être dignes, il faudrait attendre éternellement. En ce sens, le salut est un don gratuit de la bonté de Dieu.

Groupe en terre cuite par Gabrielle.

Si je vis longtemps, quelque mérite que je puisse acquérir, qu'est-ce que cela en comparaison avec la perfection divine?... Et j'aurai ajouté au nombre de mes péchés!... Pour ces raisons, j'espère que ce n'est pas tomber dans la présomption que de se réjouir à la pensée que cette vie pourrait être courte.

A UNE AMIE

... Juillet 1901.

Quoique je ne sache pas si je suis près ou loin encore de mon but temporel, je ne m'en inquiète pas, ayant bien compris que partout je puis être dans l'ordre de Dieu et que la seule façon de supporter chrétiennement l'attente, ce n'est pas de la subir, mais de la supporter gaiement.

Traîner sa croix ne convient pas, et même on y perd le mérite qu'on peut gagner ayant la foi.

En général, il me semble qu'on subit plutôt qu'on n'accepte ; et que mérite-t-on en subissant cé qu'on ne peut empêcher ? Ainsi les damnés subissent des douleurs qui ne leur méritent rien. Donc ce n'est pas la douleur par elle-même, la douleur subie qui mérite, mais seulement la douleur acceptée.

Croire de tout son cœur à la Providence ; c'est dans cette foi qu'on trouve le repos et la paix.

Il faut des anges protecteurs dans les familles, il y a beaucoup à racheter du reste dans toutes les familles, et ces anges-là sont des sauveurs en même temps qu'ils sont sauvés eux-mêmes de tous les dangers d'ici-bas. On les pleure, mais on sait bien qu'ils ont reçu la meilleure part.

Il est impossible que Dieu ne se penche pas avec amour vers une âme qui s'est confiée entièrement à Lui ; comment pourrait-il en être autrement ?

L'avenir n'est pas à nous ; il est presque aussi déraisonnable, il me semble, aux yeux de Dieu, de nous inquiéter de l'avenir de demain que de notre avenir matériel dans un siècle. Ce que nous redoutons très souvent n'arrive pas ; ce que nous n'aurions jamais osé espérer nous tombe du ciel, quand nous n'y pensons pas.

Il faut arriver à se confier absolument, sans arrière-pensée, à Dieu. La paix, je crois que c'est le signe auquel se reconnaît qu'on s'en remet de tout à Dieu, le signe et en même temps la récompense.

Mon cœur, mon âme, moi tout entière se repose délicieusement dans la pensée que je ne veux être que où Dieu me veut.

Mon désir de me donner tout entière ne fait que grandir. Je sais que dans le genre de vie que j'aperçois il faut se donner ; mais se donner à Dieu, c'est le bonheur vrai et on gagne tout en se donnant : sur la terre, la paix, et après, la vie éternelle. Oh ! c'est une belle spéculation que celle-là, et quand on a fait plus que l'entrevoir, on ne peut plus hésiter.

Je crois que Dieu mène tous les événements, et, en étant bien attentifs, nous pouvons y démêler très clairement les réponses qu'il nous donne, lorsque nous lui demandons sincèrement de nous diriger.

A LA MÊME

Mardi, 16 juillet 1901.

Comme je n'ai pas eu de lettre de vous depuis longtemps, j'ai peur que vous ne soyez malade ou que vous n'ayez des ennuis quelconques.

Vous m'abandonnez un peu. J'espère au moins que quelquefois vous priez tout de même pour moi. Alors, dans ce cas, je ne peux pas dire que vous m'abandonniez, puisque c'est là la meilleure façon d'aimer ses amis.

Je puis vous dire que je suis heureuse de plus en plus, à mesure que j'aime Jésus de plus en plus. Comment donc pouvais-je me passer de Lui ? En comparant avec à présent, il me semble qu'autrefois je me passais de lui ! Je suis heureuse, oh ! si heureuse, comme je ne l'avais jamais été. Quand je pense à tout ce qui s'est passé ces dernières années, mon cœur déborde de reconnaissance.

Il faut absolument que je sache avant longtemps ce que je ferai de ma vie. Ce que je veux, c'est faire la volonté de Dieu. Si Dieu me veut ici ou là, je suis prête à aller ici ou là. Seulement comment reconnaître la manifestation de cette volonté divine ?... Je me demande parfois si la vie active est pour moi ? Ce doute-là, je l'ai d'abord repoussé, parce que j'avais peur de l'autre genre de vie... et à présent je m'aperçois que cette idée a fait du chemin peu à peu et que la vie contemplative me sourit...

Qu'allez-vous penser de tout ceci, vous l'apôtre de la vie active ? Aussi j'hésitais à vous en parler... Je sais que les contemplatives, les dominicaines, par exemple, sont cloîtrées. Par conséquent, c'est un adieu à peu près définitif à tout et à tous... Je sais que je ne reverrais les miens que lorsqu'ils viendraient me voir. Je sais que je puis être envoyée loin, à l'étranger ; mais, après tout, c'est quelques années que dure la vie ; et quel bonheur d'avoir tout quitté, véritablement tout quitté, pour Jésus !

Depuis que je sens que je serais prête à cela *parce que j'aime Jésus*, je suis dans le bonheur. Je sens que, hors de lui, « plus ne m'est rien et rien ne m'est plus » ; mais avec quelle joie je me le dis à moi-même ! On ne se doute pas de quelle paix je jouis et c'est si simple : c'est que je ne m'appartiens plus.

Nous avons reçu une grande grâce le mois dernier : papa est enfin revenu à Dieu ! Il y avait si, si longtemps, que nous le désirions! et depuis quelque temps il n'y avait plus qu'un pas à faire, le pas décisif. Il y a eu un mieux si soudain dans l'état de Geneviève que c'était pour ainsi dire miraculeux, à tel point que ce qu'elle avait tant désiré au moment de sa première communion lui a été enfin accordé. Elle en a été bien heureuse et nous tous aussi.

Le mieux s'est soutenu depuis. Si vous aviez vu dans quel état elle était revenue de Royan! Nous en étions tous navrés. Elle était absolument inerte, et, tout son mois à Royan, elle l'avait passé les yeux fermés, refusant toute nourriture. Aussi, personne ne s'attendait à cette amélioration subite et personne ne se doutait que « cette maladie n'allait pas à la mort, mais à la plus grande gloire de Dieu ». Aussi « que rendrai-je au Seigneur pour tous les biens dont il nous a comblés »? L'action de grâces perpétuelle est ma vie de tous les jours.

Le mariage d'H. ne se fera qu'à notre retour de la campagne, en octobre. Nous espérons qu'à ce moment-là Geneviève sera en état d'y assister : c'est une des raisons qui l'a fait retarder, et on compte me présenter « quelqu'un » ; mais il ne faut pas que je m'en doute... En attendant, on ne se doute pas que je le sais! J'en ris bien toute seule; mais l'occasion me permettra d'affirmer de nouveau mes intentions... Alors, tant mieux !...

Il y a un an, j'étais avec vous ! J'aime à me le rappeler, mais comme je suis plus heureuse cette année! Ceci a un air bien impertinent à dire ; mais vous comprenez... Du reste, je ne regrette jamais ce qui est passé, même les choses agréables : elles ne sont pas sans mélange, et tout le temps, en passant, va vers la vie éternelle... Seulement alors, ce sera le bonheur sans mélange et qui ne passera pas.

Mercredi, 17 juillet. — O mon Jésus ! On ne vous comprend pas, mon bien-aimé. On croit que celles qui veulent tout quitter pour vous le font pour fuir les soucis de cette vie. Pour parler ainsi, il faut qu'on ne vous connaisse pas, Jésus. On ne sait pas ce que c'est que d'être toujours près de vous. On ne sait pas quelle tendresse confiante vous inspirez, notre bien-aimé. Notre Jésus, je vous en prie, prenez-moi, mettez-moi parmi des sœurs dont la présence ne fera que m'animer à vous aimer.

Mon Jésus, je vous aime tendrement, et quand j'approche de vous, c'est toujours avec confiance, jamais avec crainte...

Je vous aime, parce que tout ce qui peut vous blesser me touche au cœur.

A LA MÊME

Le jeudi 18 juillet 1901.

Ma chérie, je désire de tout mon cœur te faire du bien, si c'est possible. Seulement je suis un peu embarrassée, car tu en sais beaucoup plus long que moi sur bien des choses. Moi, je ne sais qu'aimer, encourager et consoler; mais cependant il est vrai que Jésus peut se servir de moi qui ne suis qu'un pauvre petit outil. Lui est un si grand ouvrier! C'est pourquoi, quand je vois qu'il m'a déjà adressé plusieurs âmes que je tâche de soutenir, je sens combien seule je suis peu de chose, et c'est sur Lui que je compte. On se sent si indigne d'être le canal des grâces divines! Et, malgré cette indignité, on est employé à coopérer à la rédemption des âmes. Quelle mission! Et se sentir tellement « rien ».

Ma chérie, tu dis que « tout en priant le ciel de t'indiquer plus explicitement ta voie, tu cherches à y penser le moins possible ». Mais il me semble que, dans ces moments-là, la prière doit être *la pensée continuelle*. La prière, ce n'est pas des paroles qu'on dit à certaines heures, c'est la direction de toute l'âme, de tout l'être vers un point. Surtout quand ce point est la vocation. Si tu cherches vraiment à y penser le moins possible, c'est que probablement tu sais à quoi t'en tenir; alors que veux-tu? tu es bien compliquée pour moi.

D'après le peu que je sais de toi, je crois que c'est le cœur qui se met en travers.

Dans ce cas, c'est bien délicat, car il y a là une attache bien forte qui empêche de quitter tout pour suivre Jésus. Alors on fait comme le jeune homme de l'Évangile qui s'en alla tout triste, car il avait de grands biens. Ce passage m'a toujours paru navrant! Nos grands biens à nous, ce sont ceux que nous aimons, et, si nous n'avons pas entendu « le mot éternel qui fait les apôtres : Viens, et suis-moi », notre devoir très doux est de rester avec eux; mais si ce mot nous a été dit et que nous n'ayons pas écouté?...

C'est toi-même qui dois savoir ce qui se passe dans ta conscience;

moi, je ne puis ni n'ose te dire plus là-dessus : il me semble que tu as moins besoin de lumière que de courage. Il y a un moment où demander plus de lumière serait pour ainsi dire demander que Dieu nous envoie un ange pour nous mettre sur une voie que nous connaissons. C'est quelquefois plutôt le courage que la lumière qui nous manque.

Il est certain que, même quand on a pris sa décision, il faut un certain courage pour se taire quand on s'entend dire que c'est pour fuir les soucis de la vie qu'on s'est décidé. Oh ! non, non, ce n'est pas vrai, n'est-ce pas ? S'il n'y avait pas l'amour de Jésus, pourrait-on trouver son bonheur dans ce qui est *le sacrifice ?*

Il est vrai que se sacrifier à ce qu'on aime est délicieux. Et quelle liberté que de pouvoir se dire avec joie : Plus ne m'est rien, rien ne m'est plus de ce qui n'a point rapport à Jésus et au *bien éternel* des miens et de l'humanité ! Et où est le bien ? où est le mal ? nous n'en savons rien, puisqu'une grande grâce nous paraît parfois être un grand mal, et que les chagrins, les maladies, les morts, vont souvent à la plus grande gloire de Dieu et à notre bien.

N'est-ce pas que l'amour de Jésus ne rétrécit pas le cœur ? Au contraire, il l'agrandit, il élève le point de vue, et il est impossible qu'au point de vue de l'éternité les choses de la terre ne deviennent excessivement peu importantes. A Dieu, ma chérie ! Tu peux compter sur mon affection et mes prières. Si seulement tu te mets en route, c'est tout ce que je pourrai faire de te suivre après.

A UN PRÊTRE

Que Dieu est bon ! Le mieux dans l'état de Geneviève a été très soudain, mais je suis heureuse de vous faire part d'une grâce autrement grande, celle du retour aux sacrements de notre cher père qui en était éloigné depuis de nombreuses années ; l'amélioration qui s'est produite tout à coup en Geneviève a déterminé ce retour à Dieu.

Ne suis-je pas vraiment redevable à Dieu tout particulièrement, et cette protection divine sur les miens et sur moi ne vous semble-t-elle pas mériter en retour le sacrifice de tout ce que Dieu voudra ?

A UNE JEUNE INSTITUTRICE

Vendredi, 19 juillet 1901.

Ma chère Mademoiselle,

Vraiment je suis touchée de voir le souvenir fidèle que vous me gardez, et quant à moi, loin de vous oublier, je sens une recrudescence d'affection pour vous. Ne sommes-nous pas toutes deux enfants du même Père, et n'est-il pas pour ainsi dire tout naturel que nous nous aimions ? Nous avons même origine et sommes appelées à partager la même destinée éternelle ; car je ne veux pas que vous doutiez de votre salut... Croyez-vous donc que le salut même des plus grands saints n'est pas un *don gratuit* de la bonté de Dieu qui leur a donné de grandes grâces ? N'est-ce pas vraiment effrayant de devoir tant à Dieu ? car, ainsi que le dit l'Évangile, « il sera demandé beaucoup à celui qui a reçu beaucoup ». Il en est qui ne peuvent reconnaître les faveurs divines qu'en se donnant eux-mêmes : là, il faut commencer par le sacrifice, mais une fois le sacrifice fait, il ne reste que la joie, une joie débordante et réellement incompréhensible. Il y a un moment où le monde croit que le sacrifice s'accomplit ; mais ce n'est pas à ce moment-là, car il est fait depuis longtemps dans l'intimité de l'âme. Je sais que je suis digne d'envie ; mais bientôt, lorsque je le serai réellement, combien y en aura-t-il qui me plaindront ! Pour moi je ne me trouve digne d'envie que parce que je me suis résolue à cette vie que personne ne m'enviera.

On croit généralement que c'est beau, que c'est admirable, mais non, ce n'est pas déjà si beau de faire une chose qui vous remplit de joie. Certainement il y a bien des choses dures à la nature, mais qui pourra dire les compensations ! C'est presque le ciel anticipé.

Quant à vous, je vous en prie, ne vous découragez pas ; on est ce qu'on vaut aux yeux de Dieu. On vaut le prix du sang du Christ, puisqu'il est mort pour chacun de nous ; est-ce là une petite valeur ? Jésus-Christ a trouvé que nous valions la peine d'être sauvés au prix de son sang ; mais il nous appelle à l'honneur de coopérer à l'œuvre de la Rédemption : il veut que nous unissions nos souffrances aux siennes. Si nous l'aidons à porter sa croix, il ne nous laissera pas seuls pour porter la nôtre, et, si nous le prions pendant cette vie où nous avons tant besoin de lui, il sera là tout près de nous à l'entrée de la vie éternelle, tout miséricordieux et prêt à pardonner. Oh ! cette heure de passage, comment ne pas l'appeler l'heure désirable, malgré ses douleurs et ses angoisses ? N'est-ce pas cette heure que nous désirons (sans nous en rendre compte), quand nous disons que le temps nous dure ?

Oh ! oui, le temps nous dure, parce que nous ne sommes pas faits pour le temps. Seulement n'oublions pas qu'il nous gagne l'éternité. Oh ! si on savait consacrer à Dieu ses journées, avec toutes leurs petites actions ordinaires, comme on les sanctifierait, comme on gagnerait de mérites ! Les moindres choses faites pour Dieu méritent de Dieu une récompense. Dieu n'a-t-il pas dit qu'il récompenserait même « un verre d'eau donné en son nom » ? Mais si nous ne faisons pas nos actions ordinaires dans une vue surnaturelle, qu'est-ce que Dieu nous doit ? Que lui demanderons-nous ? Qu'attendrons-nous de Lui si nous n'avons agi que d'une façon naturelle qui aura peut-être mérité une récompense temporelle, mais c'est tout ? L'intention, voilà ce que Dieu regarde en toute chose. La plus humble action à ses yeux peut valoir beaucoup par l'intention, c'est dans ce sens que saint Paul, je crois, peut dire : « Aimez, et faites ce que vous voudrez (1). »

Quand je suis sûre de l'affection de quelqu'un et que moi aussi je l'aime, qu'il agisse comme il voudra, je saurai toujours qu'il aura agi dans l'intention de me faire plaisir ; je ne verrai plus l'acte par lui-même qui peut être insignifiant, je ne verrai plus que l'intention. Vous me direz peut-être : Mais il faut aimer, l'amour ne se commande pas. Moi, je crois que celui qui veut aimer Dieu y arrive, et commence d'abord par faire ce que Dieu ordonne, et Jésus dit dans l'Évangile : « Si vous m'aimez, vous suivrez mes commandements », et ailleurs : « Celui-là aime Dieu qui fait la volonté de Dieu. » A mon point de vue, l'amour de Dieu, la pratique de l'amour de Dieu est la base de toute vertu et de tout bien (sauf de rares exceptions). Du reste, comme dit le P. Lacordaire : « Ce qui rend la religion pesante, c'est de la porter comme un frein au lieu d'en jouir comme d'un amour. »

Je vous en prie, invoquez souvent Jésus-Christ. Dites-lui de temps en temps deux mots. Ne croyez pas qu'il ne vous entende pas ou qu'il vous méprise. Il répandra sur vous, sans que vous vous en doutiez peut-être, des grâces, des consolations, soit qu'il vous envoie des douceurs intérieures, soit qu'il vous envoie ou vous conserve des cœurs aimés, soit qu'il vous préserve du mal physique ou moral. Nous ne savons pas ce que la prière attire ou de quoi elle nous préserve peut-être souvent. « Celui qui persévérera dans la prière jusqu'à la fin sera sauvé. »

Pardonnez-moi, chère Mademoiselle, s'il m'arrive de vous dire

(1) Cette parole est de saint Augustin.

toujours à peu près les mêmes choses, et ne voyez en tout ceci que la preuve de ma profonde affection.

Adieu, courage et confiance! Je vous embrasse.

GABY.

A UNE AMIE

21 juillet 1901.

Que le bonheur d'être à Jésus est grand ! Mais il est, hélas! incompréhensible à la plupart des âmes. Je le sens plus que jamais, j'en suis tout attristée et je me console avec le Maître, ou plutôt je Le console, puisque c'est Lui qu'on ne comprend pas...

La *Vie de Mme Barat* m'intéresse vivement. Merci de me l'avoir prêtée. De plus en plus je me sens pleine d'estime pour la vertu chère à la fondatrice du Sacré-Cœur, l'humilité. C'est si vrai que c'est le fondement et la base de toutes les autres ! Et puis, la simple raison ne devrait-elle pas nous la faire pratiquer ?

Pour moi, je comprends que je ne suis rien ; mais comme je serais heureuse si je pouvais être *ce rien* dont Dieu aime à se servir pour faire son œuvre dans les âmes !

Je cherche encore ma voie : la vie des dominicaines m'attire, et, d'un autre côté, j'aimerais le soin des pauvres, des malades.

Peut-être serez-vous étonnée de me voir hésiter entre deux voies si différentes. Tout l'un ou tout l'autre. C'est bien dans mon caractère. Il faut tenir compte de ses attraits, quand on en est au choix. Plus tard, dans la vie religieuse, ce sera différent. Si j'entre chez les dominicaines, je ne me dissimule pas que ce sera affreux de me séparer de tous ceux que j'aime ; mais quand Jésus demande un sacrifice, toutes les considérations humaines ne doivent pas entrer en ligne de compte.

Vous reviendrez à B... le 2 août et nous partirons le 6 pour la campagne. Nous nous reverrons donc bien peu de temps. Il semble que nous soyons destinées à être séparées. Qu'importe, nous nous reverrons bien un jour au ciel et ce sera pour toujours auprès de Jésus. Cette pensée ne doit-elle pas suffire pour nous mettre au cœur « l'incroyable félicité » dont parle le P. Gratry ?

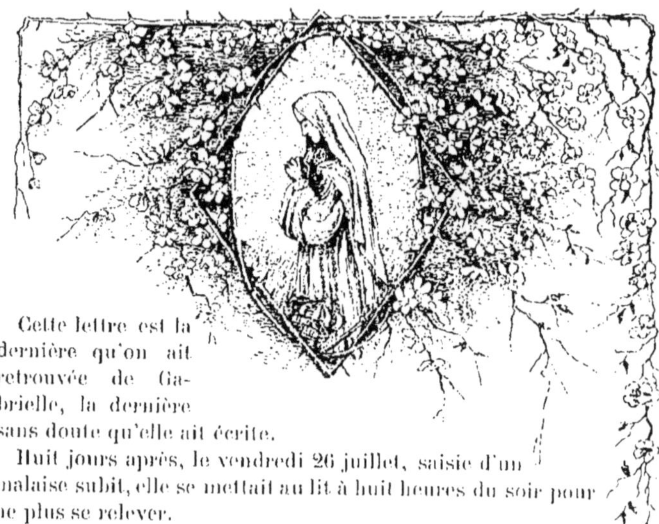

Cette lettre est la dernière qu'on ait retrouvée de Gabrielle, la dernière sans doute qu'elle ait écrite.

Huit jours après, le vendredi 26 juillet, saisie d'un malaise subit, elle se mettait au lit à huit heures du soir pour ne plus se relever.

Ses deux dernières journées avaient été employées à préparer et marquer un petit trousseau destiné à une jeune fille pauvre de son patronage et à qui l'on avait trouvé une place. Elle y travaillait encore le vendredi soir, ayant déjà la fièvre. Sa mère, effrayée de sa rougeur et de la chaleur brûlante de son front, l'aide à faire le paquet de l'enfant qui devait partir à 5 heures le lendemain matin. Rien n'avait été oublié, pas même le premier déjeuner de la petite fille !

Pour assurer ce départ, Gabrielle avait le jeudi, sous une pluie battante, fait une longue course après la messe et était revenue trempée. Peu de jours auparavant, elle avait pris un bain un peu trop prolongé et s'était refroidie. Au début de sa maladie, sentant des douleurs dans les jambes, elle crut avoir un rhumatisme articulaire, et sa mère le pensa aussi.

Gabrielle avait écrit dans une méditation de retraite au Sacré-Cœur : « Je ne crains pas la mort ; mais j'avoue que je crains un peu la souffrance et l'agonie. Cependant, j'espère avoir le courage de les supporter, si Dieu le veut. »

Les souffrances, hélas ! ont été vives les premiers jours de cette courte et cruelle maladie. Un délire effrayant, des angoisses... Puis tout se calma. La connaissance revint très nette à certains moments. Ce fut dans un de ces instants de calme qu'elle dit à sa mère : « Maman, tu sais, si je guéris, je resterai encore quelque temps avec vous, et puis je partirai. — Oh ! ma chérie, nous reparlerons de cela plus tard. — Oh ! c'est tout à fait décidé », reprit-elle avec fermeté.

Ne s'était-elle pas offerte à Dieu pour la guérison de sa sœur et pour le salut de son père? C'était à ses yeux une dette sacrée, elle nous l'a dit dans son journal, mais sa mère ne le savait pas, et elle continuait dans son cœur à la disputer à Dieu, formant encore des projets d'avenir pour cette enfant si chère. Elle n'a compris le sublime sacrifice que, plus tard, lorsqu'il fut accompli tout entier.

Gabrielle avait, comme garde-malade pour seconder sa mère la nuit, une sœur dominicaine. La vue de cet habit qui, dans sa pensée, devait être le sien, lui faisait plaisir. Elle s'unissait aux prières dites auprès de son lit et demanda plusieurs fois à son confesseur de lui donner la sainte communion; mais l'état semblait stationnaire. Gabrielle avait communié pour la dernière fois à l'église le mercredi 27 juillet, on pensa qu'il valait mieux attendre. Hélas! le coup de foudre de la fin et la perte totale de la connaissance ne devait permettre de donner à la chère mourante que l'extrême-onction.

Dans les premiers jours de sa maladie on la voyait les yeux au ciel, agrandis par l'extase, et on l'entendait qui disait : « Je vois l'éclat de la lumière éternelle! »

C'est au ciel seulement qu'elle allait posséder ce Jésus bien-aimé à qui elle avait consacré sa vie, son cœur, son âme, dans toute la plénitude de sa santé et de ses belles facultés; ce Jésus dont elle prononçait le nom le mercredi soir, avant-veille de sa mort, à chaque souffle de sa poitrine haletante.

Le médecin lui ayant demandé : « Qu'est-ce qui vous ennuie? — C'est de ne pas être tout de suite au Ciel », répondit Gabrielle. — Sa mère entendit ces paroles, et fut frappée au cœur.

Ce jour-là elle avait revu avec joie la tante qu'elle aimait tendrement. Elle exprima à sa mère tout le plaisir que lui avait fait cette visite. La nuit suivante, que cette chère tante passa auprès de la pauvre enfant, Gabrielle parla beaucoup : « Maman, disait-elle à tout instant, maman, tu es là? — Oui, ma chérie, je ne te quitte pas, tu sais bien. — Oh! maman, disait-elle souvent lorsque sa mère essayait par tous les moyens de rafraîchir ses tempes, ses mains, son corps brûlant, maman, invente donc encore quelque chose pour me faire du bien! » — Et la pauvre mère : « Tu vois, chérie, que c'est bon d'avoir sa maman! — Oh maman, ne me quitte pas... Quand tu n'es pas là, il me semble que je meurs! — Tu sais, lorsque je m'en vais quelques minutes, je suis là dans la chambre à côté, auprès de ton pauvre papa malade qui a aussi besoin de moi. »

Et la pauvre mère pensait : « Comme cette maladie va nous rendre nécessaires l'une à l'autre ! Elle ne pourra plus se décider à me quitter pour toujours ! Dieu me la laissera. » — Mais Lui, qui n'avait envoyé cette vocation à Gabrielle que pour la préparer à quitter ce monde, allait imposer au cœur maternel le sacrifice complet. Elle le pressentait parfois, comme dans un horrible éclair... Et, une nuit, dans un demi-sommeil, ces mots se présentèrent à son esprit avec une clarté effroyable : Morte ! *Fiat !* — Elle essayait bien de les effacer, mais toujours ils revenaient : Morte ! *Fiat !*

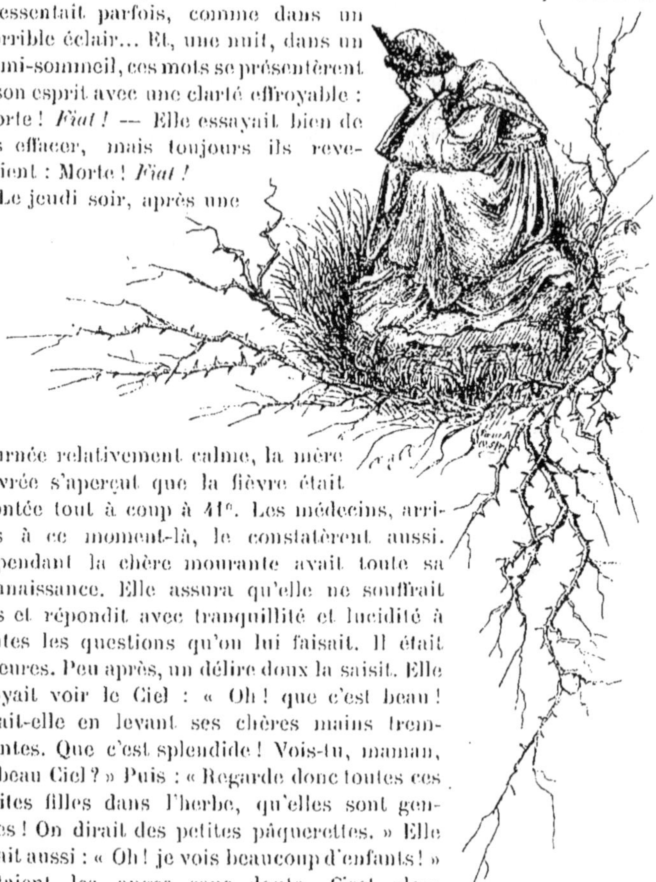

Le jeudi soir, après une journée relativement calme, la mère navrée s'aperçut que la fièvre était montée tout à coup à 41°. Les médecins, arrivés à ce moment-là, le constatèrent aussi. Cependant la chère mourante avait toute sa connaissance. Elle assura qu'elle ne souffrait pas et répondit avec tranquillité et lucidité à toutes les questions qu'on lui faisait. Il était 6 heures. Peu après, un délire doux la saisit. Elle croyait voir le Ciel : « Oh ! que c'est beau ! disait-elle en levant ses chères mains tremblantes. Que c'est splendide ! Vois-tu, maman, ce beau Ciel ? » Puis : « Regarde donc toutes ces petites filles dans l'herbe, qu'elles sont gentilles ! On dirait des petites pâquerettes. » Elle disait aussi : « Oh ! je vois beaucoup d'enfants ! » C'étaient les anges sans doute. C'est alors qu'elle a tant parlé à Geneviève, à « son petit Carlo, son chéri », comme elle l'appelait. C'est là que sa mère reçut son dernier baiser. En le lui donnant, Gabrielle avait un air de radieuse tendresse...

Toute cette nuit du jeudi au vendredi, elle parla ainsi, nommant ses amies On ne pouvait pas toujours distinguer ce qu'elle disait. Sa mère essayait de la calmer : « Allons, ma chérie, il faut nous reposer, dormir un peu. — Oh ! oui, répondait-elle, tu es si fatiguée ! Et la sœur aussi. Oh ! cette pauvre sœur, elle est affreusement changée... — Oui, nous sommes toutes fatiguées, reprenait sa mère, dors, ma chérie, dors... » Elle ne devait plus dormir que du grand sommeil qui a son réveil dans l'éternité !

Le vendredi, 9 août, fut la dernière cruelle journée... Gabrielle ne parlait plus. Ses yeux étaient fermés. Celle dont sa mère écrivait aux premières pages d'un cahier de souvenirs : « Notre petite Gabrielle dort entre nous deux dans son berceau », était là maintenant mourante entre son père et sa mère, qui attendaient dans la stupeur et l'angoisse le dernier soupir de ces lèvres chéries... A 2 heures, elle reçut l'extrême-onction sans s'en apercevoir... Plus un mouvement. Plus rien... A peine si on put distinguer les derniers souffles... Quand tout a cessé, il était exactement 9 heures du soir.

Gabrielle était devant Dieu. « L'aurore du jour éternel » s'était levée pour son âme. »

Sans un cri, sans un murmure, dans un religieux silence, son père et sa mère ont suivi son âme au ciel. Ils la sentaient avec Dieu. Moment cruel et sublime !

Elle était belle d'une beauté céleste, nullement changée par cette courte maladie. Ses longs cheveux avaient été coupés par sa mère dès les premiers jours, douloureux sacrifice suivi de tant d'autres imposés par Dieu... Ils étaient courts sur le sommet de la tête et un peu plus longs sur les côtés... Ils ondulaient sur l'oreiller, souples et bruns. Un voile de tulle blanc les recouvrait et aussi son visage calme et quasi souriant. Vêtue d'une robe blanche, son crucifix sur la poitrine, son chapelet entre les mains jointes, qu'elle était belle et virginale !

Il y eut à l'église de B., le 11 août 1901, nous l'avons dit aux premières pages de cette notice, lors de la cérémonie funèbre, une vraie manifestation d'affectueux attachement, de regrets et de douleur. Gabrielle était tant aimée et si admirée de tous, surtout des petits et des humbles! Ses chers enfants du patronage entouraient son cercueil.

C'est ainsi qu'elle quitta pour toujours la chère maison de famille où s'était écoulée son enfance heureuse... Le cortège suivit ce chemin qu'elle avait parcouru tant de fois en se rendant à l'église...

Là, dans cette église de son baptême, de sa première communion, et où tant de fois elle avait chanté pour Dieu, retentirent pour elle les chants de la sainte liturgie mouillés de larmes tout ensemble et ensoleillés des divins espoirs.

In paradisum !

Gabrielle à 25 ans.
D'après une photographie.

TABLE DES MATIÈRES

1899

1900

1901

TABLE DES GRAVURES

La Chapelle-Montligeon (Orne). — Imp. de Montligeon.

Les Annales de Sainte-Solange

REVUE RELIGIEUSE ET LITTÉRAIRE POUR LES JEUNES FILLES

L'idée nous est venue de grouper autour de cette idéale jeune fille (sainte Solange), si douce et si forte, virginale et vaillante, si humble à la fois et si grande, toutes les jeunes filles de France.

Toutes, — de la chaumière au château, de l'école au pensionnat, au couvent, du catéchisme de première communion au catéchisme de persévérance, de l'atelier au patronage.

A ce groupement il faut un lien : une Revue.

Nous la fondons aujourd'hui même (1), sous ce titre : les *Annales de Sainte-Solange*.

A qui s'adressera-t-elle?

A tous les foyers où il y a des jeunes filles et qui savent lire.

Pour nous comprendre, point ne sera nécessaire d'avoir fréquenté Sèvres ou Fontenay.

Nous tâcherons d'écrire en français, c'est-à-dire avec clarté, c'est-à-dire avec simplicité; ce qui, évidemment, n'exclut pas la vigueur et la grâce, l'allégresse pas davantage ni l'élégance, non plus même l'éloquence.

On se trompe, croyons-nous, à vouloir abaisser au niveau des classes populaires la littérature, quelle qu'elle soit, profane ou religieuse, sous couleur d'être plus facilement compris. Entre eux les gens du peuple se plaisent à leur langue, idiome de province plus ou moins *adultéré* ou patois de village. Mais, de ce style, ils ne souffrent point qu'on leur parle. — « Vous nous manquez, Monsieur, de respect. » Ils sentent ainsi et ne taisent point leur sentiment. A nous de les prendre où ils sont et de les élever où nous sommes.

Il nous souvient d'ailleurs qu'une jeune domestique aimait à lire les ouvrages du P. Gratry, notamment la *Connaissance de l'âme*. Aux pages du grand écrivain elle trouvait de la saveur et s'en nourrissait.

Donc, nous voulons écrire pour toutes les jeunes filles.

Néanmoins, les *Annales de Sainte-Solange* iront plus particulièrement et, en quelque sorte, droitement, aux intelligences cultivées.

Nous avons pris garde que, dans son ensemble, la littérature destinée aux jeunes filles est mondaine, et vaine, ou bien banale et insignifiante, à tout le moins médiocre; dans les deux cas, périlleuse... Et cette littérature, nous la voyons entre les mains des jeunes filles chrétiennes comme entre les mains des autres! Nous en gémissons.

Certes, — grâce à Dieu, — il y a des exceptions, et fort belles. Nous ne manquerons pas de les signaler dans cette Revue et de les louer; mais ce sont des exceptions.

Notre désir ardent, notre espoir, est de donner à nos lectrices des pages de doctrine intégrale où résonne, nette et pure, profonde, la note romaine, la note catholique; c'est tout un. Ce sera leur donner en même temps du pain et du vin, de la lumière et de la joie.

Or donc, tout ce qui peut instruire la jeune fille, l'édifier, l'intéresser, la transfigurer, en un mot la sanctifier, trouvera place dans ces *Annales*.

Par conséquent, à côté des études, disons théoriques, de religion, d'éducation, d'instruction, une large place est acquise aux faits d'histoire soit dans le passé soit dans le présent. Ainsi, en des pages rapides et brèves, on racontera des vies de saintes : Geneviève de Nanterre, par exemple, Jeanne de Domrémy, Bénoîte du Laus, Germaine de Pibrac, Bernadette de Lourdes, sœurs aînées ou puînées de notre Solange et bergères comme elle. Des mains d'artistes pétriront en terre glaise ou sculpteront dans le marbre ou peindront sur fond d'or d'autres têtes de vierges, sœurs de Solange encore et martyres comme elle : Blandine et Potamienne, Eulalie et Lucie, Eustelle, Cécile, Agathe, Agnès... Des roses et des lys... Elles en ont la pourpre; elles en ont la blancheur... Dans une âme qui

(1) Juin 1900.

répond à son action, quelle excellente ouvrière, la *grâce*! Et quel poète, notre Dieu!

Les ouvrages de main d'homme ne nous échapperont pas. Eux aussi, en ce qu'ils renferment ou dégagent de bonté, de beauté, de vérité, procèdent et dérivent du Père des Lumières. Voilà pourquoi nous recueillerons page à page ce que les maîtres ont écrit en prose et en vers, dans toutes les littératures, mais premièrement la française, de plus vrai, de plus beau, de plus pur, sur la jeune fille. Ainsi, brin à brin, ainsi fleur à fleur, nous lierons une gerbe. Et ce sera vraiment une anthologie, c'est-à-dire, entre tous, un livre exquis.

Que nous fassions connaître à nos lectrices « les œuvres », les œuvres qui sont à l'heure présente la force et l'honneur de la sainte Église, particulièrement les œuvres de prière, d'apostolat et de charité, afin qu'elles s'y dévouent, — peut-être pour qu'elles s'y enrôlent, à supposer qu'elles entrevoient l'étoile et entendent l'appel intérieur, — c'est un point fondamental de notre projet.

Arrêtons-nous. A quoi bon détailler tout le programme? Les grandes lignes suffisent. Chaque mois un nouveau fascicule précisera ce qu'aujourd'hui, volontairement, nous laissons dans la pénombre.

Toutefois, il importe d'expliquer, dès maintenant, d'un mot, la raison d'une sorte de bulletin qui reviendra périodiquement sous cette rubrique : *Rome et le Monde catholique*. — Nous estimons que la jeune fille ne doit pas vivre en étrangère, pas même en distraite, moins encore en indifférente, au milieu du mouvement admirable qui emporte les âmes et les peuples vers le Saint-Siège, cette Chaire de Pierre du haut de laquelle parle la bouche qui suffit au monde... Et c'est pourquoi nous la tiendrons au courant.

Telles, s'il plaît à Dieu, seront les *Annales de Sainte-Solange*.

Pour ce labeur, nous, simples missionnaires, nous ne sommes point seuls. Nous avons avec nous des auxiliaires dont nous pouvons bien dire sans emphase qu'ils sont éminents. On lira plus loin leurs noms.

Les mains vénérables du primat des Aquitaines, notre archevêque bien-aimé, se sont posées sur notre tête, bénissantes et dirigeantes; puis cette parole est tombée des lèvres de notre chef et père : « De tout mon cœur je vous approuve. »

Avec la grâce, qui ne fait défaut à l'homme de bonne volonté jamais, que faut-il de plus?

Voici le surcroît :

Deux évêques de notre Berry, l'un héritier de l'éloquence des Besson, des Plantier, des Fléchier, l'autre doux et bon comme saint François de Sales et pieux comme lui, tous les deux chevaliers-servants de l'humble et glorieuse bergère, nous ont crié : courage!

Et nous, aux trois pontifes, respectueusement et cordialement, nous disons : Merci!

Jean Vaudon.

DIRECTION ET RÉDACTION DES « ANNALES DE SAINTE-SOLANGE »

M. le chanoine Jean Vaudon, lauréat de l'Académie française, directeur; M. l'abbé Joseph Pouvreau, secrétaire de la rédaction; M. le marquis de Ségur; M. Eugène Tavernier, rédacteur à l'*Univers;* M. François Veuillot, rédacteur à l'*Univers;* M. Gabriel Aubray, rédacteur à la *Quinzaine;* M. Jean des Tourelles, rédacteur à la *Justice sociale;* M. Jean Davranches, ancien rédacteur au *Polybiblion* et au *Monde;* M. l'abbé Lemire, député du Nord; M. l'abbé Delfour, docteur ès lettres, professeur à l'école Saint-Stanislas de Nîmes; M. l'abbé Gamber, docteur ès lettres, aumônier du lycée de Marseille; M. l'abbé Berthueat, agrégé de l'Université, préfet des études à l'école Sainte-Marie de Bourges; le R. P. Largent, de l'Oratoire, docteur en théologie, professeur à l'Institut catholique de Paris; le R. P. Delaporte, de la Compagnie de Jésus, docteur ès lettres, rédacteur aux *Études*, etc., etc.

Avec juin 1904, a commencé la cinquième année des *Annales*.

La Revue paraît le 10 de chaque mois. Les abonnements payables d'avance. — **4** fr. **50** pour la France; **5** fr. **60** pour l'étranger, — partent de juin ou de décembre.

On s'abonne à Bourges (Cher), 68, rue de Dun.

www.ingramcontent.com/pod-product-compliance
Lightning Source LLC
LaVergne TN
LVHW012020220826
846092LV00001B/430